心态好 成绩高

中小学生考前心理调适

李梅 刷刷◎等编著

化学工业出版社
·北京·

我们在一生当中要经历无数次的考试，从单元测验到中考、高考，每一次考试都是学生一段学习生活的总结，发现我们学习中的不足，督促我们改进。不可否认的是，一些关键的考试，比如中考、高考，将会对我们今后的前程产生深远影响。因此，无论是学生本身还是家长、教师都对各种考试十分关心。本书针对学生备考过程中和考试中经常遇到的、发生的问题作了详细分析，并给出了切实可行的解决办法，帮助广大考生和家长度过每一次考试。

本书可供广大中小学生和家长阅读，帮助中小学生掌握考试技巧、减轻临考前的紧张和不适应，帮助广大考生提高考试成绩。

图书在版编目（CIP）数据

心态好成绩高——中小学生考前心理调适/李梅，刷刷等编著．—北京：化学工业出版社，2010.7
ISBN 978-7-122-08797-3

Ⅰ.心⋯　Ⅱ.①李⋯②刷⋯　Ⅲ.①中学生-考试-学习心理学②小学生-考试-学习心理学　Ⅳ.G632.474

中国版本图书馆 CIP 数据核字（2010）第 107065 号

责任编辑：郭燕春　　　　　　　　插　　图：王　睿
责任校对：宋　玮　　　　　　　　装帧设计：尹琳琳

出版发行　化学工业出版社
　　　　　（北京市东城区青年湖南街 13 号　邮政编码 100011）
印　　装　化学工业出版社印刷厂
880mm×1230mm　1/32　印张 5　字数 93 千字
2011 年 1 月北京第 1 版第 1 次印刷

购书咨询：010-64518888(传真：010-64519686)
售后服务：010-64518899
网　　址：http://www.cip.com.cn
凡购买本书，如有缺损质量问题，本社销售中心负责调换。

定　　价：14.80 元

考试，不怕不怕啦

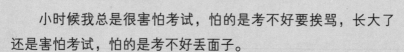

——我们该如何面对考试

　　小时候我总是很害怕考试，怕的是考不好要挨骂，长大了还是害怕考试，怕的是考不好丢面子。

　　学校读书时期是考试最频繁的阶段，在各类学业考试中，高考是最重要的一次考试。十几年如一日的艰苦学习，最终两三天时间就决定了每个人的命运，成绩与志愿将决定着进入哪个圈子。考试是人生的一个站点，更是一个新的起点，每过一次关，人就实现了一次自我超越。

　　你是否见过在妈妈那柔声的呼唤中，小婴儿奋力地爬向母亲的怀抱？你是否见过在妈妈鼓励的目光中，幼小的孩子努力地迈出了人生的第一步？也许你会认为这不算什么，但对于幼小的孩子来说，他们已成功地完成了人生的一次考试。每当你就这样成功地做完了一件事，就表明你该向下一个目标发起猛攻了。

　　在过去的时光中，我们已经不经意地经历了无数次考试，而我们考试的道路却仍然那么漫长。上小学了，辛勤的园丁哺育着我们这些花骨朵，每天我们接受了无数的新知识，然后再接受一次次的考试，检验我们的学习效果。几多欢喜，几多忧愁过后，我们就要迎来小学阶段的最后一次考试，我们不辞辛苦地在知识的海洋里游来游去，为的就是能在这次考试中取得好的成绩，进一所好的中学，让我们的学业见到一丝光亮，也让家长省钱省心。

童年很快就消失了，我们变成少年，要面对新的压力、新的考试。初中的生活，我们还在憧憬中，但我们知道面对的考试竞争将更加激烈。终究是通过小学的分流，已经有很多的同学的前途已经明晰。中考也是一种更艰苦的考验，要考上重点高中，而在考试结束后，或许就要有更多的同学要面对人生的抉择了。我们考上了高中，还要为了那梦想的大学继续冲刺，用我们少年的时光换取人生最光辉的时刻。再经过惨烈的考试，经过悲与喜、爱与恨一系列的挣扎，梦想实现的同学步入了大学殿堂。然后再经过一次次的考试，一次次的磨炼，去迎接社会那个大世界的考验。

世界确实很大，为了事业，为了前途，我们还将接受无数的考试，直到终老。

人生总是幸福的，而幸福就藏在你坦然接受考试并取得成功的那份喜悦中。

对于考试，每个人的心理素质不同和应对考试方法的差异，导致考试的结果不同，比如有的学生平时学习成绩不错，遇到考试就怕，考不出好的成绩；有的学生考试成绩好于平时的学习时情况。我们应该如何面对考试呢？

对考试要有正确的看法。考试是检验学生成果一种方法，是学生展现自己学习成果的战场。要把考试看做锻炼自己的好场所、好机会。要以一种平和的、敢于面对的心情看待考试。

大声地喊出来吧，考试，从此不再害怕！

是我错，没能够啊……把功课学好

伤口那么多　已经不怕再痛

没什么转身以后我会练成护体神功！

遇见考试我不怕不怕啦

我神经比较大　不怕不怕不怕啦

胆怯只会让自己更憔悴

麻痹也是勇敢的表现

遇见考试也不怕不怕啦

勇气当棉被　不怕不怕不怕啦

学习再苦　我就当没感觉

太阳一定就快出现……

目录

80％的人在考试时都会感到紧张，这种紧张也称为考试焦虑。考试焦虑是不可避免的，但通过一些调适措施可以避免过分紧张。

造成考试冷漠心态的因素很多，其中一个最主要的因素是理想的磨灭和信念的飞散。面对每一次考试，都应充满期待、有所追求。

自信就是自己相信自己，是恰如其分地信任自己解决问题的力量的一种积极情绪体验。

绝大部分学生在考试前（或者重大比赛前）未免有些紧张，适度的紧张有利于水平的发挥，但过度的紧张会直接影响考试时正常发挥。

地发挥大脑潜能，最大限度地提高学习和工作效能。

坚持到底，简短的四个字揭示了成功的秘诀。我们生活中不乏聪明之辈，但他们却少有成功。坚持到底，只有这样才可能有所成就。

当人在外界压力很大时，在性格和心理上会发生突破，且感到焦躁不安，郁郁寡欢。郝伯格教授把这种病征称为"灰色"心理综合征。

把情绪转化为内心深处的一种强烈的情感。把情绪宣泄的能量积蓄起来，然后让它逐步释放，成为一种内心深处的力量源泉。

当你觉得目前的环境快要待不下去的时候，最好试着改变一下自己的心情，调整一下心态，接受现实环境，这样你才能活得快乐。

越是临近考试，越是要学会把自己归零，只有把心房腾空，才能装进更多的东西。

第一章

考前心理大普查

——自我分析篇

第一节 热锅上的蚂蚁

考试何时有？掷笔问青天。

使我枯坐终日，不得开心颜。

我欲掷袖而去，又怕出题不胜难。

愁肠无所解，长叹倚栏杆

……

　　临近期末，又是考试的季节，看不见的硝烟开始弥漫在教室的四周。

大家怀着忐忑的心情，一个个变得手足无措起来。文星平时成绩不错，可一到考试就紧张，白天焦虑不安，晚上严重失眠。一上考场就手脚发抖，心跳加速，大脑一片空白，结果每次都考砸。

这一次，文星也一样心里没底。随着考试的逼近，文星已经能闻到焦灼味了。课堂上，老师正在向大家总结重点和难点，他很想把这些都记住，要知道，考试前的最后几次课，往往是最重要的，老师通常会总结这学期的学习重点，就算以前的课程都没有听仔细，这几堂课一定不能马虎的。但是，文星一想到这些，脑子就不知不觉地麻木起来，想的全是前几回考场上的狼狈样和妈妈拿着试卷的愤怒神情……

"丁零零——"下课铃响了，文星一下子惊醒过来。等他明白过神来，老师已经宣布下课了，文星一脸懊悔，重重地合上课本。

"文星，我妈妈答应我如果期末考试能拿到'优'，就带我去北京看鸟巢，你呢，这学期你可是一直很认真的，老师还经常表扬你呢！"同桌佳佳一向嫉妒文星比自己刻苦，知道他一考试就慌，故意在气他。

"我哪也不想去！"

文星知道佳佳不怀好意，没好气地说了一句，就走出了教室。他暗自下决心，这一次一定不能再像以前一样了。

晚上，文星一直复习到深夜，妈妈看他很晚了还没有睡，推开了他的房门。

"小星，你还没有睡啊？快考试了，一定要休息好，前段时间开家长会的时候你们班主任跟我说，你平时学习刻苦，就是考试发挥不好，这次可不能再给妈妈丢脸了。"

文星本来就很紧张，听妈妈这么说，更加埋怨起自己来。他把妈妈支走后，就准备睡觉了。可是，不知是怎么了，翻来覆去就是睡不着，楼上的脚步声、隔壁的猫叫、甚至客厅里冰箱的声音都格外的清晰。文星的眼睛越睁越大，瞪着黑漆漆的屋顶。

突然，他感觉自己肚子有点痛，就去了趟厕所，回来以后，想这下该好好睡了，不料，刚刚过了 5 分钟，肚子又痛了……

文星整整折腾了一晚上，到天亮的时候，已经筋疲力尽了。坏了，今天的复习课看来又上不了，这回的期末考试，一定又完了。

文星第二天早上没有去上课，班主任张老师打电话给文星妈妈，详细询问了文星的情况。下午一上学，张老师就把文星叫到了办公室。

"文星，我带你去找一位老师，你要把你的情况好好地跟她说，她会帮你的。"

文星疑惑地跟着张老师，来到了学校的心理咨询室。

心理咨询室的李老师和文星谈了整整一个下午，她告诉文星：你不是真的闹肚子，是你的压力太大了，你总是分散精力去幻想考试的结果，当然不能专注于考前的复习准备。这样恶性循环下去，到了考试的时候，一定会崩溃的。

李老师还帮文星制订了详细的复习计划，让他树立自信，合理安排时间，还鼓励文星多参加体育锻炼。走出咨询室，文星的脚步似乎轻快了许多，心里也平静了许多。

问题诊断：过分激动状态

有研究表明，80％的人在考试时都会感到紧张，这种紧张也称为考试焦虑。考试焦虑程度高者，常表现为情绪体验强烈而紧张、心跳加快、情绪状态不稳定，心烦意乱，无精打采；肠胃不适，可能出现原因不明的腹泻、多汗、尿频、头痛、失眠、记忆力减退、注意力不集中、思维迟钝、学习效率下降等。这种状态是刺激物引起大脑皮层抑制过程减弱，兴奋过程过度升高，使大脑皮层对植物性神经系统和皮层下中枢的调节活动减弱的结果。这种情况的产生也与个体的能力水平、复习准备情况、临场经验、个性特点和意志品质等有关。

❶ 知识掌握不牢，心中无底

平时成绩过得去不等于考试没问题。考试要求在规定的时间里完成较多较难的题目，没有扎实的基础及较快的解题速度是办不到的。

❷ 动机超强，压力太大

承受来自外界的压力过重，家庭、老师、集体、社会等，

把每场考试看作生死攸关的大事。此外，自己也把考试看得太重，过分的功利思想是造成考试焦虑的原因。无论哪一种情况，都使我们对考试期望过高，这势必给自己造成很大的精神压力，由此而分散精力，使自己不能专注于考前的复习准备。

③ 大脑疲劳

有些同学备考阶段夜以继日，睡眠长期不足，大脑疲惫。考试时兴奋与抑制失调，头脑发胀，思维、记忆迟钝。

④ 失败定势

对以往考试不理想耿耿于怀，总担心这次也考不好。这种担心大大降低了大脑智能，影响复习效率，心里更加不踏实。

⑤ 调控能力差

缺乏控制情绪的知识与能力，遇到异常情况难以应付。

应对措施：紧张情绪的调适

考试时，考试焦虑是不可避免的，但通过一些调适措施可以避免过分紧张。

① 尽早进入积极的复习迎考状态

考前合理安排作息，科学地组织复习，保持一定的运动。扎扎实实打好基本功，训练解题速度及精确率。

② 正确对待各种考试，既要积极进取，又不过分苛求

不以成败论英雄，反正天下不止一次机会。超脱一些，即使这次没考好，还有机会补救，一次没考好天不会塌下来。天生我才必有用，条条大路通罗马，这条路走不通，我们可以踏上另一条成功之路。在考试前，把握好自己的成就动机，就能够排除杂念，坦然应考。

❸ 以平常心看待"临场慌"

心理学研究表明，保持适度的紧张，有利于学习和工作，有利于效率的提高。既然如此，我们考前完全可以更放松一点，顺其自然，为所当为。

❹ 进行积极的自我暗示

考前深呼吸、听音乐、默想自己顺利答卷的情景等，都可以起到调节情绪的作用，进行积极的自我暗示。

木头人神经

蒙蒙 6 岁的时候，爸爸就和妈妈离婚了。为了照顾蒙蒙，在医院工作的妈妈没有再婚，她把有限的业余时间全用在照顾蒙蒙的学习和生活上了。

蒙蒙的妈妈有一位教钢琴的朋友，从小妈妈就让蒙蒙跟着她学钢琴。可是蒙蒙的手指天生又短又粗，朋友说这样的手练

起钢琴很困难，可妈妈说，勤能补拙，只要认真练习，手短一些没关系的。

刚开始的时候，蒙蒙很热心，但是，渐渐地，蒙蒙越来越发现自己练钢琴力不从心，也就不想再练了。妈妈听说后，一路没有吭声把蒙蒙带回了家，关起门就坐在沙发上哭了起来。一旁的蒙蒙还是第一次看见妈妈哭，她搓着两只手，不知如何是好。妈妈一边哭一边说："我一个人把你带这么大容易吗？你想不学就不学了，你知道吗？一个女孩子没什么本事，以后怎么在社会上生活，肯定要受别人的气的……"

蒙蒙看妈妈哭得伤心，只好答应妈妈继续学钢琴。

眼看又要到业余考级的时候了，妈妈对蒙蒙的要求越来越严：上大学前一定要拿下8级，这样你上大学以后就可以专心学其他课程了。妈妈把每天的练习时间加到了3个小时，除了每天给蒙蒙变着花样做好吃的，就是在一旁陪着她练琴了。

"蒙蒙，这次考试对你很重要，你明年就要参加高考了，这次考试过不了，就会成为你上大学以后的一个包袱……"

"蒙蒙，你知道我对你的期望有多高，你千万不能让妈妈失望啊……"

每天，蒙蒙一遍遍听着妈妈的唠叨，像是即将迎接她人生的一件大事一样。可奇怪的是，在蒙蒙身上，丝毫看不到考试的紧张气息。她总是漫不经心地弹琴，妈妈问话的时候，也只是轻轻地应一声，弹出来的曲子一点感情色彩都没有。

妈妈说了很多话，可就是不起作用，蒙蒙依然是那副漫不

经心的样子，这下妈妈更着急了，她拉着蒙蒙的手又哭了起来。可是，这一次，蒙蒙没有任何反应，她像个木头人一样冷冷地看着妈妈。

妈妈的心里一阵冰凉，她扔下蒙蒙，一个人拿着包出门了。

妈妈找到了蒙蒙的钢琴老师，也就是她最好的朋友——杨老师，一肚子委屈全倒给了她。

杨老师给妈妈煮了新鲜的咖啡，慢慢跟妈妈说："其实，蒙蒙的情况我也早有察觉，是你逼她太紧了。蒙蒙也不小了，自己的事自己可以做主。她也理解你的难处，她不想伤害你，只能强迫自己学。你知道，学琴和其他的不一样，自己不喜欢，没有热情，曲子是弹不好的。"

杨老师看妈妈已经平静了许多，就接着说："你给蒙蒙练习的时间太长了，这样下去，谁都受不了的，你要想办法让她放松下来，就算是考不好，也没有关系，机会有的是。"

听了杨老师的话，妈妈也开始反思起自己的做法来，她决心给蒙蒙创造一个全新的环境。

第二天是周末，蒙蒙照例是早起，打着呵欠走到钢琴旁，妈妈走过来，抚着蒙蒙的肩膀说："今天我们不练了，妈妈带你去爬山。"

蒙蒙一脸茫然，也没问什么，就跟着妈妈出发了。

一路上，妈妈一个字都没提考试的事，只是回忆着蒙蒙小时候的故事，蒙蒙听着听着，也不禁笑出了声。

回家以后，妈妈特意准备了一些蒙蒙爱吃的菜，告诉蒙蒙："从今天起，妈妈再不会强迫你练琴了，你是大姑娘了，你的事自己做主，你的时间由你自己安排，妈妈只是等着听你的好消息，当好你的后勤兵。"

蒙蒙扑上去紧紧抱住妈妈："我的好老妈，你知道吗，我做梦都盼着这一天啊。"

自那以后，蒙蒙自己安排起练琴时间，虽然每天练的时间不多，但是进步却很快，蒙蒙也渐渐开始喜欢钢琴了，弹起琴来就如同享受一样。

不出所料，一个月后的考试，蒙蒙很顺利地通过了。

问题诊断：淡漠状态

这种状态与过分激动状态相反，表现为情绪低落，所有心理过程都进行得非常缓慢，软弱无力。委靡不振，意志消沉，缺乏信心、心境不佳，知觉和注意过程减弱，甚至不想参加考试。这种状态同考生大脑皮层兴奋过程下降，抑制过程加强有关，其产生是由于过度疲劳或考前复习过度引起的。从心理上的原因来看，往往与考生对考试的不利方面想得太多，又没有解决的办法，缺乏顽强的意志有关。

冷漠是一种复杂的行为表现方式，与个体的经验有密切的联系，一般可分为以下几种。

① **角色性冷漠**

在学校的各项与考试相关的活动中不能进入预定的角色情绪，出现"角色失落"、角色冷漠。

② **倦怠性冷漠**

由于考试压力的影响，很多人在枯燥乏味的学习生活中，容易滋生疲劳、厌烦、倦怠心情。值得注意的是，这种倦怠性冷漠情绪甚至会像病菌一样传染蔓延。

③ **忧郁性冷漠**

考试前对现实和自身的状态不满，严重的心理失落，表现为精神委靡，郁郁寡欢，缺乏自信。

如果在考试前对周围的人和事形成了冷漠的心态，很容易以"超脱"的"看透者"自居，以一种不以为然的、讥讽的、嘲笑的眼光看待考试，形成"无所谓"的考试态度，成为考试中的牺牲者。

 应对措施：冷漠心理的矫治

① **点燃理想的火把，促进自我的奋起**

造成考试冷漠心态的因素很多，其中一个最主要的因素是理想的磨灭和信念的飞散。面对每一次考试，都应充满期待、有所追求。所以，树立目标就显得尤为重要，把熄灭了的理想和信念的火炬重新点燃起来。首先，要学会正确地评价自己。

其次，要适当地表现自己。冷漠心常常是因为屡受挫折而对自己的能力发生怀疑所致，因此，要消除这种怀疑，除了正确地评价自己以外，还要学会适当地表露自己的才能。可以多做一些力所能及、把握较大的模拟考试，循序渐进地增进自信心，逐步克服冷漠的心态。

❷ 摸清冷漠心理的形成原因，走出"心理禁区"

冷漠心理的形成总有一个过程，摸清这个过程是十分重要的。学习中的各种挫折所造成的不良情绪，教师、家长错误的教育观念和教育方法等，都应联系起来进行综合分析。在冷漠的背后，总存在那么一个"心理禁区"，是藏在内心深处的隐痛，一旦有人提到或触及到类似的问题，便会非常敏感，产生强烈的敌对情绪和不信任感。"心理禁区"大致包括三个方面的内容：一是生理缺陷，如某些先天的残疾，以及由生理缺陷引起的与常人不同的生活习惯；二是心理状态，每个人都可能会有一些心理阴影，在新的环境中，他们最怕的就是别人知道这些"阴影"而看不起自己，这些就是他们心理状态的"禁区"；三是家庭问题，如果家庭成员名声不好，或工作不体面、地位卑微、住房简陋寒酸等都可能成为冷漠的敏感点。消除考前的冷漠心理，要细致、谨慎、耐心地进行疏导，切忌急于求成，根据个人的心理特点，形成良好的心理氛围，才能达到矫正冷漠心态的目的。

心态好 成绩高

第三节　珍妮的蝴蝶结

　　自习课上，大家都在低头认真复习，马上就要中考了，每个人都全神贯注地学习，小开也不例外，只是他手上的书怎么和大家的不一样啊？其实也没什么奇怪的，小开最喜欢读课外书了，他是班里的"小博士"，没什么他不知道的。秘密就是小开喜欢读各种各样的书。

　　今天，摆在小开书桌上的是一本小故事集。

珍妮是个总爱低着头的小女孩，因为她一直觉得自己长得不够漂亮，很没自信。

有一天，她到饰物店买了只绿色的蝴蝶结，店主不断赞美她戴上蝴蝶结很漂亮。珍妮虽不信，但是挺高兴，不由昂起了头。因为急于让大家看看自己的新形象，出门的时候与人撞了一下都没在意。

珍妮走进教室，迎面碰上了她的老师。'珍妮，你昂起头来真美！'老师爱抚地拍拍她的肩说。

那一天，珍妮得到了许多人的赞美，她想一定是蝴蝶结的功劳。晚上回到家，她急切地想看看新买的蝴蝶结，可一照镜子，头上根本就没有蝴蝶结——一定是出饰物店时与人相碰弄丢了。自信原本就是一种美丽，只要你昂起头、挺起胸，怀揣一颗自信的心，就没什么可以难倒你。

小开合上书，原本心里还有一些对考试的担心，但是，这个时候，他什么也不怕了，他想，凭他渊博的知识，中考又算得了什么呢？

"博士，问你一道数学题。"邻桌的妙妙又在喊小开了，她总是有问不完的问题要找小开。

"没问题，说吧。"小开摘下妙妙的眼镜，挑在鼻梁上，一副胸有成竹的样子。

"讨厌，又玩人家眼镜，有本事把这道题帮我解一下。"妙妙夺过眼镜，塞给小开一本习题集。

小开看了一下题，好像记得老师有一回讲过类似的题，可就是忘了怎么解了。折腾了半天，脸上都渗出细密的汗珠了，这回糟了，"小博士"要糗大了。

突然，小开发现习题集后面有答案，可惜没有解题过程，不要紧，小开先把答案抄过来，倒着往上推，就把过程给写出来了。

小开连忙把结果告诉妙妙，妙妙直竖大拇指："博士就是不一样，就是比别人聪明。"

小开心里乐开了花，也就是我，倒着都能把题做出来呢。

从这以后，小开更放松了，他从书上看的，考试之前一定要放松，临场发挥很重要的。

每次看到别人拼命地复习，小开都会私下窃笑，更有心捉弄一下这些"书呆子"。课间休息的时候，小开看妙妙还在那里盯着数学题皱眉头，他悄悄走到妙妙身后，摘下她的眼镜就往外跑，一边跑一边用墨笔把眼镜片的边上涂黑。妙妙气得直跺脚："王小开，你再这样我告老师了啊。"

小开转过身，把眼镜自己带上，拿起笔当魔法棒，指着妙妙说：

"对我说话吧，斯莱特林，让林妙妙的数学开窍吧——"

同学们都大笑起来，妙妙一看自己的眼镜都画脏了，又当着这么多人羞辱自己数学不好，当即就趴在桌上哭了起来。

"王小开，你跟我来！"

身后是班主任胡老师的声音，小开心里一惊，这下闯祸了，只好悻悻地跟老师去办公室。

"王小开，你复习得怎么样了啊？"

"我绝对有信心考好。"

"小开，考试不光需要信心，更需要实力，你明白吗？这样吧，我这里有一套模拟题，你现在就做一下，要是能达到80分，我就相信你，要是达不到，你必须当着全班的面给林妙妙道歉，然后认真复习。"

小开接过试卷，思维好像一下子都停滞了，很多题目只是觉得熟悉，但是具体的答案就不知道了……

"小开，只有脚踏实地的自信才能转化成力量，否则，只会把你摔得更疼。"胡老师看他做不出题，轻轻拍着他的肩膀说道，"令千里马失足的，往往不是崇山峻岭，而是柔软青草结成的环。在通往成功的路途上，真正的障碍，有时只是一点点疏忽与轻视，不要盲目自信，要脚踏实地。"

胡老师的这句话深深地印在了小开心里，他知道，自己已经落下不少了，必须迎头追赶了。

问题诊断：**盲目自信状态**

这种状态主要表现在对考试的艰巨性和困难估计不足，过高地估计自己的能力，盲目自信。处于这种状态与考生不准备动员自己的全部力量去克服困难，注意强度下降，知觉、思维迟缓等有关，这种状态对考生能力水平的正常发挥也同样不

心态好 成绩高

利。盲目自信一般有以下几种情况。

① 对自己认识不清

自信来源于对自己的正确认识，"不识庐山真面目，只缘身在此山中。"认识自己其实是一件很难的事情。过去的成绩，别人的评价，都可以成为人们认识自己的标准，但是，这些标准都不是那么可靠：过去的成功（或不成功）可能跟环境有很大关系；别人的评价有很大的主观因素，而且谁知道他是不是为了讨好你而说你好话？

② 过于自卑

大多数人都或多或少地在自大与自卑之间摇摆——如果一个人总是很自信而且现实也一次次地证明他的信心是对的，那么毫无疑问，他是一个优秀的人——话说回来，即便一个人很优秀，我们也不能保证他不会犯错误。过分的自信往往是犯错误的直接原因。

 应对措施：消除盲目乐观情绪

自信就是自己相信自己，是恰如其分地信任自己解决问题的能力的一种积极情绪体验。但自信不是单独存在的，自负、自信、自卑是一个逐渐由量变产生质变的连续体。尤其是青少年时期，自负、自信、自卑这三种状态可能同时存在于同一个人身上。青少年的情绪和性格特征还不稳定，自负、自信、自卑混合出现在他们身上的状况经常出现。要准确定位自信的坐标，发挥情绪对考试的积极作用，可以从以下几个方面去尝试。

首先，要有自己的主见，不要用别人的眼光和评价来看待自己。很多人都会把老师的评价、父母和家人的表扬当成对自己的定位。事实上，自己不能准确认识自己是盲目自信的根源，这些评语很可能是针对某一方面或者某一时间，不是对你整个人的定位。

其次，要生活在现实里，而不是自己的精神世界中。比起幻想来，现实总是不那么美好的，现实总有一些你不喜欢的东西：譬如说，学习压力，友谊问题等。但是要知道，大家努力都会得到回报。生活在现实里，要学会降低自己的期望值，尤其是对于学习，要有一个合理的期望。

最后，学习是一辈子的事情，不能因为比别人多学到一些，就开始盲目乐观，只有不断地学习，才能真正赢得别人的尊重。

心态好 成绩高

 昂起头的美丽

在实验中学有一个非常有意思的现象，那就是每周五下午第一节课下课后，学音乐的学生们会拼命地从北校区的教学楼向南校区跑去。原来，每周五下午的第二节课，是由市里最著名的音乐教师亲自主讲，学校的音乐专业教师在南校区。为了抢到最好的位置，能近距离地和老师接触，学生们一个个像高速喷射的小火箭，极其准确地向着目标飞奔而去。

在抢座位的学生里，有个小胖子最引人注意，因为他总是被甩在所有人的身后。小胖子名叫卡卡，尽管他拼尽了全力，还是像一辆缺少燃料的坦克，一边擦着满脸的热汗，一边挪着沉重的脚步，勉强追赶着大家。

这样的场景在校园里反复地上演着。有些调皮的男孩儿常和他开玩笑，一边对他做鬼脸，一边倒退着跑在他前面。小胖子卡卡狠狠地冲他们瞪眼睛，却谁也追不上，总是一脸无奈。

后来，为了能抢上好座位，卡卡在第一节上到一半的时候，就开始心不在焉地收拾好书本，趴在桌子上养精蓄锐，根本没心思听课。下课铃声响起的刹那，他拼尽全力抢在老师之前飞奔而去。不过，当他跑到教室大门的时候，又出了问题：在他进教室的刹那，身后的同学猛地加快速度，就和他同时被门卡住，同学们都比他瘦，能一点点挤进去，而身宽体胖的他被牢牢地压在门框上，胖胖的脸被挤压得像个扁柿子。

尽管如此，他还是没有抢到好座位。因为每次都费尽心机去抢座位，第一节课也基本上没听进去，而且每次跑到南校区的教室后，他也累得气喘吁吁，加上座位位置不好，更没心情听讲了。

卡卡忽然意识到了问题的严重性。

卡卡越来越感到这样抢座位得不偿失。他分析了一下自己的情况，觉得自己减肥也不可能有太大的效果，想抢到好座位也不太可能。想明白了这点之后，他反而放松了下来。既然自己没有能力改变现状，那么为何不做好当下的事情？反正也抢不到好座位，卡卡干脆静下心来好好听课。等到同学们飞奔而出的时候，他则慢条斯理地走出去，一边思考着下一节课自己学习的重点，一边和匆匆而过做着鬼脸的同学们打招呼。因为自己座位不好，卡卡在老师的课上比谁都用心聆听，也因为自己在路上已经为第二节课做好了准备，学习的效率反而提高了。

高中三年的音乐学习飞逝而过。当年的少男少女们已经成熟了许多，他们仍旧在学校的南北校区之间飞奔。而当初的小胖子卡卡也越来越胖，走得更慢了，不过再也没有人对着他做鬼脸了——因为，他已经是全校最出色的音乐学生，老师的课

堂上甚至有他专门的座位。而这一切，都是靠他自己的努力赢得的。

有一次，参加音乐考试的学生被告知，市长要来参观学校的音乐比赛。知道这一消息的学生们都在后台兴奋地猜测着谁会引起评委的注意。这时，评委会负责人发现最胖的那个参赛选手独自躲在一边继续练习着发音。负责人好奇地和这个年轻人攀谈起来，问他为什么不像其他人那么兴奋。卡卡向负责人讲述了自己在学校抢座位的趣事，笑着告诉他："我也非常紧张好奇，不过，未来还未发生，与其过度地关注分散了精力，不如做好手头的工作。现在的一切，将决定未来的结果。"因为这番话，负责人将这个胖胖的年轻人记在了心里。

那次比赛中，卡卡因为成功地演唱荣获一等奖。从此之后，卡卡成了学校的名人。同学们也都渐渐地熟悉了他的名字——卡卡，而不再叫他"胖子"。

 问题诊断： **最佳竞技状态**

这种状态表现为考生对面临的考试有清楚的认识和理解，对自己的能力水平有清楚的、实事求是的认识，对自己的力量有充分的信心，有全力以赴参加考试和争取成功的愿望。处于这种状态的考生，注意力集中在即将来临的考试上，注意范围增大，知觉的敏锐性提高，情绪饱满，精力充沛，具有稳定、高涨的情绪。这种状态对考生考试水平的发挥有较好的促进作用。

 应对措施： **最佳的心理应考状态**

绝大部分学生在考试前（或者重大比赛前）未免有些紧张，适度的紧张有利于水平的发挥，但过度的紧张会直接影响考试时正常发挥。要解除紧张心理、保持最佳的应考心理状态，应从以下几个方面去做好准备。

① **心境坦然进考场**

心理学研究证明：人从事某项活动时，总是低估自己实际能力和水平。在学习时，不少学生不是把眼光放在自己的进步上，而往往忧虑自己和班内其他同学相比所处的位置及自己哪些知识掌握得还不太好（即使他的学习已经到了较高的水平），这样的想法会降低自信心。缺乏自信心，走进考场，就很难发挥出最佳水平。不管以前学的知识水平如何，也不管自己和班内其他同学相比处于什么位置，在考试中都要力争发挥出自己的最佳水平。如果能避免不必要的丢分，一般来说，成绩不会太差。实际上，对一部分的考生，考试成绩不理想的主要原因不是基础知识掌握得不牢固，而是由于考前缺乏应有的自信心，造成会做的题也做错了而丢了不少分，事后想来令人遗憾。考试要想发挥最佳水平，关键是要在会做的题上保证一分不丢。

② 要养精蓄锐，保持旺盛精力

在长期紧张、繁重的复习之后，脑力极度疲劳，体力消耗也很大，最好在考试之前好好休息两三天，适当参加一些体力劳动、体育锻炼，把觉睡足，使精力得以短暂的休养生息。这样，临考就会精力充沛，精神振奋，遇到一般问题就驾轻就熟，遇到难题攻克的几率也会大大提高。这正像运动员临赛前好好休息，以便竞技状态良好发挥，能创造优异成绩一样。可有不少学生夜以继日地复习功课，直到临考的前一天还开夜车。由于睡眠严重不足，大脑处于极度疲劳状态，头昏耳鸣，神经活动机能减退，兴奋与抑制过程失调，与保持知识相联系的神经出现保护性抑制状态。考试时，头脑昏昏沉沉，题目时隐时现，题目的要求与知识的储备脱节，大脑皮层处于半睡眠状态，解题出现障碍。

③ 做好物质准备

物质准备包括学习工具，而且这些用品要同准考证一起事先放在固定的位置，随手可取。这些东西虽然看起来并不重要，但是，一旦出错，很容易引起考生的紧张情绪，对考试的正常发挥很不利。

④ 熟悉考场环境

熟悉的环境往往有助于启发思维，生疏的环境会阻碍思维。因此，有必要提前到达考场，熟悉环境，以便安定情绪。这是准备工作中不可忽略的环节。

⑤ 大考后不要和别人对答案

大考后和别人对答案，这会给以后各科的考试带来不良影响。因为在考试时不可能每个题都做对，一旦知道自己错了题（特别是大题），会加重自己的心理负担。不论考得如何，考完都不用管它，应集中精力应付下一科的考试，争取下一科考好。

考试小魔法：考试前应补充哪些营养？

要保证碳水化合物的供给：考生在考试期间需要紧张的脑力劳动，其强度虽不及体力劳动，但由于脑组织90%的热能是由葡萄糖供给的，而脑细胞中储存的糖原很少，只够短时利用，大量的能量要靠血液输送来的葡萄糖氧化供给，所以说，碳水化合物是脑力劳动者经济而方便的热能来源。考生在平时的用餐中，最好一日三餐都能进食适量的主食（米饭、面食），不要以为主食没有营养，而只是大鱼大肉才营养丰富。比如说，早餐配点儿面包、饼干、点心、粥、面食，午、晚餐配点儿米饭、面条、各种面食花样，考试时可自备加糖的凉开水喝。

保证蛋白质和脂肪的供给：脑细胞内氨基酸是合成神经介质儿茶酚胺和 5-羟色胺的前提物质，蛋白质营养不良，可使大脑蛋白质量减少，个别氨基酸不足也可影响神经系统功能，比如说赖氨酸缺乏时可发生神经系统功能紊乱及失调。因此，考生要供给充足的蛋白质和必需氨基酸，大豆蛋白赖氨酸含量高，对脑的营养有特别意义，蛋、奶、鱼等动物性蛋白质生物学价值高且易于利用，应优先供给。比如说，考生早餐时可配点儿牛奶、鸡蛋、豆浆、豆腐脑、豆包等，午、晚餐配点儿清蒸活鱼、酱牛肉、香菇炖鸡、脆皮豆腐等，而且应尽量用植物油炒菜，因为植物油中含较多的对脑细胞非常有益的必需脂肪酸，但用量不宜过多。

保证维生素和无机盐的供给：维生素 A、维生素 B、叶酸等分别对维持机体正常有密切关系。锌、铁、碘等矿物质对脑的记忆、中枢神经系统的兴奋性、脑氧供给等方面亦有重要作用，蛋黄、动物内脏和蔬菜是维生素和无机盐的良好来源。所以，考生在考试期间，早餐最好能保证一个鸡蛋，可以吃煮鸡蛋、蒸蛋羹或鸡蛋羹，午、晚餐配点儿酱猪肝、盐水猪肝、香菇炒油菜、炝芹菜、木耳炒菠菜、氽丸子小白菜、青豆炒雪里蕻等。

总之，考生在考试期间要注意合理的饮食，粗细粮搭配，荤素兼顾，加餐时进食，不暴食，不偏食，定时定量摄食，养成良好的饮食习惯，考生最好在一个清洁、安静、舒适的环境就餐，不要在进餐时谈论一些不愉快和有关学习上的事情。考生在进餐时要心情愉快、食欲良好，才能保证考生在考试期间获得足够的营养。

第二章

成功的立足点
——心理准备篇

第一节 石匠和响尾蛇

张笑笑和黄一飞并排趴在教室前面的栏杆上，望着楼下的操场。忽然，笑笑不动声色地跟一飞说道："飞哥，明天下午去玩鬼吹灯？"

"马上要考试了，我妈妈最近看得很紧，根本出不去。"

"你就说找安琪补英语，我只要一提安琪，老妈就特高兴。"

在高一（3）班，黄一飞、张笑笑和安琪是有名的"铁三角"，不仅仅是因为他们仨都是一个小区玩大的，又一直在一个班，关系一直很铁。更重要的是，他们仨每人有一门绝活，数学、英语和语文的第一。可惜的是，他们偏科都太严重，除了特长的一门课，其他的科目都很烂。

星期六下午，一飞写完了一篇作文，赶紧拿给妈妈去看。妈妈最近规定他每周都练习一篇作文，可一飞总是在应付，今天主动写完了，妈妈自然感到很意外。

"你是不是又有什么事求我呀，赶紧说。"

"妈，瞧您都想哪去了，我下午说好跟安琪去补英语的，所以就提前写了。"

"是吗，那赶紧去吧。"妈妈一听乐开了花，轻轻拍着一飞的头说。

一飞一溜烟跑下了楼，一边跑一边想：笑笑这招还真灵。

笑笑和一飞在网吧整整玩了一下午，等出来的时候，天都黑了。

"都这么晚了啊，赶紧回吧。"一飞还是头一次打这么久的游戏，心里还是有些担心。

"没事的，飞哥，你怎么越来越胆儿小了，小时候，你领着我和安琪去捅马蜂窝，也没见你这么熊过。"

"算了吧，每次都是你溜得最快，还好意思说。那回让你妈妈发现了，全小区的人都见你妈妈追着打你了——"

"好了，大哥，算我没说，回家吧。"

等一飞进门的时候，正好看见家里来了人，心想，这下好了，家里有人，妈妈估计是不会再过问了，一飞一边喊着："妈妈我回来了"，一边想乘机溜进自己房间。

"一飞，你过来。"

等一飞来到客厅一看，马上傻了眼，客厅里坐的不是别人，正是笑笑的妈妈和安琪的妈妈。

"一飞，老实说，你们下午去干什么了？"

"我，我们，妈，我错了，我和笑笑去玩游戏了。"

一飞不敢看妈妈的脸，他知道，这会妈妈一定会暴跳如雷的。

"一飞，你能自己承认错误，妈妈就不怪你了，可是，你得答应妈妈一件事，妈妈就不再罚你了。"一飞听妈妈的口气不像往常，听妈妈要提条件，心里暗想：不知道老妈又在打什么主意。

"妈妈知道你喜欢鬼故事，那妈妈想问你，你知道响尾蛇吗？"

"响尾蛇，当然知道啊。"一飞听妈妈说起这个，很骄傲地抬起头，响尾蛇的事他可是最熟悉的。

"妈妈知道的，你肯定不知道，"妈妈看了一眼瞪大眼睛的一飞，接着说道："如果一条雄性响尾蛇钻出了洞穴，它的目标是寻找一条雌蛇。它的爬行速度并不快，时速只有1.6公里。它的视觉和听觉都不敏锐，判定方向主要依赖其特殊感觉器官。但它选择沿着一条非常直的线路爬行，即便偶尔偏离线路滑到某片池塘或一块大石头周围，它也会很快地回到那条狭长的直线上来。线路越直，碰见雌蛇的机会就越大。你知道吗？"

"当然知道啊，响尾蛇能把自己强制到直线轨道上。"一飞当着有外人，卖弄着自己的知识。

"是啊，连蛇都能控制自己回到直线上，你却不知道，总喜欢走弯路，你不记得年初你们三个人定了的目标吗？帮助其他两个人的差科，共同进步。"

一飞的脸红了起来，没想到妈妈在这里等他呢，可是当初这个计划也是他们自己定的。

"一飞，你们三个里面你最年长，你要时刻给笑笑和安琪提醒，否则你们的目标什么时候才能实现啊？"

第二天，黄一飞找笑笑和安琪开了一次秘密会议。从那以后，每个周末，他们都在一起相互补课。期末考试的时候，铁

三角分别占据了班里的前三名，成了名副其实的"铁三角"。

问题诊断：我的目标是什么？

美国管理大师得鲁克讲过这样一个故事：山脚下有三个年轻石匠在凿石头，有人走过去问他们在干什么。第一个石匠说："我在凿石头。"第二个石匠说："我在凿世界上最好的石头。"第三个石匠说："我在为建一座大教堂准备上等的石料。"

几年之后，第一个石匠仍是石匠；第二个石匠成了富商；第三个石匠则成了高级的管理者。

人生的前途和命运，往往取决于一个人对待工作的态度和看法。

如果我们用"自我期望"、"自我启发"和"自我发展"三个指标来衡量这三个石匠，我们会发现，第一个石匠的自我期望值太低，缺乏自我启发的自觉和自我发展的动力。第二个石匠的自我期望值过高，此人很可能是个特立独行人物，但不一定能成功。第三个石匠的目标才真正与工程的目标相吻合，也才能最终实现自己的价值。

目标可以改变我们的学习方式，事先设立考试的目标，并且放手努力去达成既定目标。

拿破仑曾经说过："一个不想当元帅的士兵不是一个好士兵。"士兵有雄心壮志，有非常高的自我期望当然是好事。但是一个总想着当元帅的士兵，却未必是连长需要的部下。在考试中，自我期望过高的学生，通常很难达到目标，而没有目标的人，也不能取得好成绩。

 应对措施：用目标来管理自己

"我们为什么要学习？努力学习对我们有什么好处？"面对这样的问题，家长们的回答通常是：不学习将来怎么考大学？考不上大学将来生活怎么办？

不知不觉间，我们像被蒙了眼罩转圈的驴子，被动、盲目地为分数和家长而学，全不知自己在干什么，要去哪里。

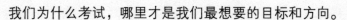

我们为什么考试，哪里才是我们最想要的目标和方向。

事实上，寻找目标并不是简单地确定我们将来的职业方向，而是要发现自己最想得到的和最感兴趣的东西。最喜欢的、最感兴趣的往往是一个人最有成功感的，知道自己最喜欢什么，并帮助他去实现，最容易成功。

就像"铁三角"一样，为了友谊而学，也是一条自己选择的期望之路。如果我们今天的一举一动都是在实现目标的过程中，每过一天就是让自己离梦想和目标更近一天。虽然我们的方向各不相同，但发自内心找到自己所期望的目标，总会是最有推动力的，是属于自己的。

有效的目标具备以下特征。

第一，有明确、具体的内容而不虚泛，可用一句话清晰地说出来。比如："我要在 5 年后做飞行员。"

第二，用积极正面的肯定语言："我要、我是……"，而不是"我不做……"

第三，有清晰可感的视、听、感觉信息，以证明这个目标是当事人发自内心期望的：当实现目标时，看得到自己所穿衣服的色彩和样式……脸上的表情……听得到的掌声和夸奖声……心里是快乐兴奋的感觉……可以把成功景象制作成图片、照片等，每日提醒与激发。

第四，有实现的步骤和具体计划：根据完成目标的时间，设计分步骤的计划，制定能力提高的具体措施，使目标得以落实。

第二节　断箭中的秘密

朵朵得了一种怪病！

当朵朵的妈妈意识到这一点的时候，她不禁吓了自己一跳。

朵朵今年 9 月份就要上初三了，再有一年就要参加中考了，可是朵朵最近总说自己瞌睡，每天早上起床，妈妈都要叫半天，朵朵揉着眼睛挣扎着起床，连吃饭的时候都在打瞌睡。晚上回家，一吃过饭，还不到 8 点，就嚷嚷要睡觉了。最要命的是，开家长会的时候，老师也说朵朵上课的时候打瞌睡——还有更奇怪的是，朵朵在考化学的时候竟然睡着了，还是监考的老师喊她醒来的呢，不过，这个朵朵没敢告诉妈妈。

想到这些，妈妈马上给医院的朋友打电话咨询，朋友建议她带朵朵做一下心理咨询，也许是要中考了，太紧张了吧。

挑了一个阳光温和的下午，妈妈带朵朵找到了一位心理咨询师，老师在听过朵朵的讲述以后，给了妈妈一个建议：带朵朵参加一些锻炼，最好是比较艰苦的，锻炼一下朵朵的意志力，让朵朵学会控制自己。

回家后妈妈和爸爸商量，到底让朵朵做什么锻炼呢？爬山、学做饭还是……

"我有一个好主意，"爸爸突然拍着大腿叫道，"现在不是暑假嘛，把朵朵送到农村老家去，让朵朵帮着收麦子，既可以放松紧张的心情，也可以磨炼她一下。"

"不成不成，朵朵现在学习正是关键的时候，再说了，农村那么脏，万一得病了怎么办？"妈妈直摇头。

"我看，还是让朵朵自己决定吧！"两个人争执不下，爸爸最后提出这个建议。

朵朵一听爸爸的说法，一想到再不用每天憋在家里学习了，别提多高兴了，立马就同意了。

一下车，朵朵看着一眼望不到边的金灿灿的麦田，像一只小燕子一样雀跃着，心里乐开了花。

晚上，朵朵和老家一个叫甜甜的女孩睡在一个大炕上，听着窗外的布谷鸟叫声，朵朵好奇极了，她不住地跟甜甜问这问那，折腾到半夜才睡着。

刚睡着不一会儿，就听甜甜在叫她：收麦子要赶早去，太迟了一来天气太热，二来麦子晒脆了，麦穗很容易掉的。

朵朵虽说很不想起早，但是一闻到清晨的清香，脑子很快

就清醒了，她赶紧洗漱完，跟着甜甜上路了。

走在麦梗上，露水凉凉地扫在脚面上，感觉好极了。

等她们到了田里，大人们已经在忙碌了，收割机已经割去了大片的地方，甜甜的爸爸、妈妈在割收割机割不到的地方的麦子，朵朵和甜甜的任务是拣麦穗。

刚开始的时候，朵朵可卖力了，来来回回地跑，可过了不到一个小时，她就觉得腰酸背疼了，手上也被扎了好几回，别提多疼了。

可看看甜甜，已经远远地把自己摔在后面了。"朵朵姐，你要是累了就到树底下休息一会吧。"

朵朵心想，爸爸临走的时候专门交待过，要是她比甜甜干得好，就给她奖励一部新手机，再说了，人家甜甜比自己还小两岁，她能干的，自己也能干。

坚持到天黑的时候，朵朵已经直不起腰了，晚上，朵朵再没心情听什么布谷鸟叫了，胳膊和脖子白天被太阳晒过的地方，已经红红的一片，一碰就疼，看着甜甜帮自己擦着药水，她不知道什么时候眼泪就流了下来。

现在想起来，在家学习是多么轻松自在了……

坚持了两周，朵朵已经适应了，麦子也快收完了，看着一筐筐的麦穗，朵朵的心里美滋滋的。

回到城里以后，妈妈发现朵朵变了，不但早上能自己起床了，干什么事情都有耐心了。中考一天天近了，可朵朵和妈妈的心里也一天天踏实了起来。

问题诊断：制胜的秘密

春秋战国时代，一位父亲和他的儿子出征打仗。父亲已做了将军，儿子还只是马前卒。又一阵号角吹响，战鼓雷鸣了，父亲庄严地托起一个箭囊，其中插着一支箭。父亲郑重对儿子说：这是家传宝箭，佩带身边，力量无穷，但千万不可抽出来。那是一个极其精美的箭囊，厚牛皮打制，镶着幽幽泛光的铜边儿，再看露出的箭尾。一眼便能认定用上等的孔雀羽毛制作。儿子喜上眉梢，贪婪地推想箭杆、箭头的模样，耳旁仿佛嗖嗖的箭声掠过，敌方的主帅应声折马而毙。果然，佩带宝箭的儿子英勇非凡，所向披靡。当鸣金收兵的号角吹响时，儿子再也禁不住得胜的豪气，完全忘记了父亲的叮嘱，强烈的欲望驱赶着他呼地一声就拔出宝箭，试图看个究竟。骤然间，他惊呆了。一支断箭，箭囊里装着一只折断的箭。

"我一直挎着支断箭打仗呢！"儿子吓出了一身冷汗，仿佛顷刻间失去支柱的房子，意志轰然坍塌了。最后，儿子惨死于乱军之中。

考试与战场一样，同样存在着这样一支"断箭"，这秘密同样在于意志力。

要达到既定的目标，除了需要有动机之外，还要有意志力。

心态好 成绩高

应对措施：**如何培养意志力**

　　培养意志力的过程，大多要配合一个计划实施的过程，使人能够习惯于利用计划管理自己，因为计划实在是最能够形成效率的一种工具。而提高效率、以及达成目标，才是培养意志力的目的。

　1　明确计划的目标

　　目标要尽可能明确，考试中，希望自己获得什么样的成绩。这个目标要合理，不要过高，也就是不浪费过多的精力在细枝末节上，也不要太低，古话说了，取法其上，得乎其中；取法其中，得乎其下。要详细分析，把目标尽可能细化。

　2　了解自己可以借助的资料

　　考试复习的，手头有什么教材，有什么参考书，有什么辅助材料；完成工作的，有什么资源，有什么渠道，都了解清楚了，才是磨刀不误砍柴工。

　3　定计划

　　计划定完了要靠执行，为了让执行起来更有动力，更容易完成，有以下几个制订计划时可以借鉴的秘诀。

　　计划要前紧后松，先难后易。

　　订计划的时候都是最有动力的时候，俗称三分钟热乎劲儿，说的是人没长性。其实这也不是简单的责备，好好利用，也可以事半功倍。既然一开始的时候最上心，不妨就利用这段最有劲的时间把不喜欢干的、难干的都先干了，一方面将来懒怠了，做起简单的事也不会太为难，另一方面也许一鼓作气，看前面这么难的事情都攻克了，后面心情一好，就能把计划完完全全地坚持下来，这是最好的结果了。

计划分阶段进行。

把一个长达一个月的计划，分成四周进行，每周分别地明确任务，明确目标，非常便于检查进度。阶段数以 3～5 个为宜，如果每个阶段里的时间都很长，大阶段里可以套小阶段，每个阶段总结一下计划完成情况，提前的可以小小庆祝一下，拖后了则要尽快弥补。"周"和"月"这两个单位实在是很好用的，不过要见机行事。

计划要有修改和弥补的余地。

并且这个余地不能影响计划整体的实现进度。如果你时间紧，就要自己加把劲，把计划定得更紧一点，好歹得留一点时间在最后一两天，复习完了还能看看有没有什么遗漏。

❹ 实践中要赏罚分明，也要多鼓励自己，利用正面的力量

比方说今天该看书没看，看球去了，看完球还是得把计划里的书念了，再多念点——别把这当惩罚，只当是预支了奖励。尤其是自己仅仅依靠意志坚持，完成了计划的一部分的时候，即便这只是偶然现象，也要大大地赞扬自己，激励自己再次坚持——意志就是这样形成的。看书的时候走神了，不急、不躁，不批评，但也不放纵，一旦发现了，轻轻地把心思领回到书上来，用耐心对自己，要自己好好看下去。另外就是方法的问题

了。心理学上说单一的刺激效率高不了，看书不光要眼睛看，还要口读，更重要的是手写，这样的效率就能提高不少。

当你善于利用计划完成自己的事情，你会乐此不疲，因为这实在是既有成就感又有趣味的事情。

考试小魔法：考前女生来例假怎么办？

考试和例假"撞车"是很多女生容易碰到的事，有的女生会选择吃避孕药来避开例假。妇科专家指出，用避孕药等药物手段来调节月经周期并非百分百的有效。对大多数经期不适的女生来说，靠饮食、作息调节完全能够顺利度过经期。更关键的是，考生要有一颗平常心，不要强化"例假恐惧"心理。

一般女性的例假反应不是特别强烈，能够应付考试，并不需要躲开高考，就算来了例假，也不要把自己想象得那么脆弱。考生如果例假规律、经期只有轻微的腹胀、腹痛症状或轻微的情绪改变，不需要通过服药来调整例假时间。只有三类考生才需要服药避开例假。一是有严重痛经反应的女生，例假期间腹部剧烈疼痛、全身乏力、呕吐、出冷汗，难以坚持长时间保持坐姿。二是月经量过多，必须频繁更换卫生巾。三是情绪症状比较严重，出现头晕、失眠等症状。

考生如果确需通过服药避开例假，必须提前规划，并根据自己的例假规律来决定是推迟还是提前，不能让例假时间调整的幅度过大。以高考为例，以往七八号左右来例假，最好提前，如果九十号左右来例假的，则不妨推迟。必须在医生指导下进行，要算好之前的例假规律以及服药的时间。

处于例假期的女生在日常饮食上应以平衡为原则，适当补充健脑益智的食物，例如牛奶、豆类、新鲜鱼虾、香菇、木耳。少吃辛辣食物，经期前后忌生冷食物，不要进行剧烈运动，不要盆浴，选择质量好的卫生巾，以免感染炎症，不要穿紧身的内裤、牛仔裤，做好保护措施。

好情绪助我成功

"烦死了，烦死了……"

眼看着我的哥哥妹妹还有以前的好朋友们都放假了……只有我还沉浸在考试之中！

有哪个学校一门课要考 6 次啊？史无前例了吧。

妈妈每次都跟我说"你们这是重点学校，考试当然要严格了……"

OMG！我不想再过这种折磨人的生活了……

每天我 7 点多起床，8 点去上课，中午 12 点回家来吃个饭，下午1点多再去学校自习，6点多放学再吃个饭，7点多再进房学习，晚上11点才睡觉。

妈呀……这是什么日子啊，想着都觉得自己好累……

用了起码5个笔记本来默写要背的内容了……可是要考的重点却没几个。

由于我们有几个"精英"每天中午都提前去教室自习，所以我们被冠上了"状元、榜眼、探花"的称号！状元是阿薛，去年全年级第一名的获得者，榜眼是娜娜，第二名的获得者。而探花就是我了，去年没进前三名，但是正在努力拼搏着！

哎……考试还要持续到下周四！我这个探花也"探"不下去了，坚持不下去了，实在太累了。

眼看妈妈已经把去埃及旅游的东西都准备好装进箱子了，而我每次一看到那个箱子心就不由得往上浮！下个月，我出发的日子就要到了，多么盼望啊……但是这种盼望只能在这两周的考试中度过……

本"探花"姑娘最近的脾气是越来越糟糕，在学校里，只要是谁招惹我，肯定会狠狠地挨上一顿。可巧的是，真还有这样的倒霉鬼。

那天中午，我像往常一样早早去了教室，刚打开书本，一张卡片飞了出来，打开一看，原来是个傻小子给我写的情书。我回头一看，那小眼镜正在教室后面坐着呢，看到我，他还朝我笑呢。

哼，连小眼镜也敢欺负我，我当时就觉得气血充顶，我拿

着卡片就直奔小眼镜去了。

"癞蛤蟆想吃天鹅肉，做你的春秋大梦去吧，立刻在本小姐面前消失，否则后果自负。"

小眼镜哪见过这阵势，撒丫子就跑。也是他活该倒霉，他出门的时候正好一下撞到欧阳老师的怀里……

而那张卡片，也很不幸地落入老师的手中，最惨的是，我在欧阳老师的办公室整整挨了一个小时的"教育"。欧阳老师一副苦口婆心的样子，说像我这样的"重点保护对象"，谈恋爱就太可惜了。我那个气就不打一处来。

还有不幸的呢，放学的时候，妈妈突然出现在面前，汗啊，老师把家长也请来了，我的埃及旅行，就这样泡了汤，这可是我盼了三年的呀……

问题诊断：形成最佳的情绪状态

有一个脾气十分古怪的孩子，经常为一些无足轻重的小事生气。他也很清楚自己的脾气不好，但就是很难控制住自己。

附近有一位经验丰富的老教师，有人建议他去找那位老教师。

他找到了老教师，向他诉说心事，言语态度十分恳切，渴望从老教师那里得到启示。老教师一言不发地听他阐述完后，就把他领到一座教室中，然后吩咐他"独立静思"，无声而去。

他本想从老教师那里听到一些开导的话，没想到老教师一句话也没说，还把他自己留在屋子里。他气得跳脚大骂，但是无论他怎么骂，老教师就是不理会他。他实在忍受不了了，便开始哀求，但老教师还是无动于衷，任由他在那里说个不停。

过了很久，房间里终于没有声音了，老教师在门外问："还生气吗？"孩子说："我只生自己的气，我怎么会听信别人的话，到你这里来！"老教师听完，说道："你连自己都不肯原谅，怎么会原谅别人呢？"于是转身而去。过了一会儿，老教师又问："还生气吗？"孩子说："不生气了。我生气有什么用呢？"

老教师说："你这样其实更可怕，因为你把你的气都压在了一起，一旦爆发会比以前更加强烈。"说完又转身离去了。

等到第三次老教师问他的时候，他说："我不生气了，因为你不值得我为你生气。"

"你生气的根还在，你还没有从气的旋涡中摆脱出来！"老教师说道。

又过了很长时间，孩子主动问道："老师，你能告诉我气是什么吗？"

老教师还是不说话，只是看似无意地将手中的茶水倒在地上。孩子终于明白：原来，自己不气，哪里来的气？心地透明，哪里还会生气？

气从心生，气盛不仅容易失控，也会伤及自己身体。为此，注重克制，心地透明才能从容应对考试。

心态好 成绩高

应对措施：如何调控好情绪

在人的心理世界中，情绪扮演着重要的角色。它像染色剂，使我们的学习、生活染上各种各样的色彩；它又似加速器，使我们的学习活动加速或减速地进行。我们需要积极、快乐的情绪，它是我们获得学习成功的动力。

❶ 保持情绪乐观

有人说：情绪是思维的催化剂，思维能力可以通过情绪的调节而显示出更高的效应，人也会因此显得更聪明、更能干。积极的情绪可使人精神振奋、想象丰富、思维敏捷、富有信心。消极的情绪则使人感到学习枯燥无味、想象贫乏、思维迟钝、心灰意懒。

实验表明，一组学生在情绪良好情况下平均智商为 105，但在紧张状态下却降至 91，两者相差十分显著。因而高高兴兴地学和愁眉苦脸地学，效果大不一样。心情高兴时，会增强学习的信心和兴趣，产生学习新知识的强烈愿望，会感到大脑像海绵吸水一样，比较容易把知识"吸"进去。而烦恼、焦虑、愁闷、恐惧时，会降低学习愿望和兴趣，抑制思维活动，从而影响智力发挥。

❷ 保持适度焦虑

焦虑是指对个人的自尊心构成威胁的情境产生的担忧反应或反应倾向。其实，学习需要一定程度焦虑，心理学实验表明：焦虑水平与学习成绩呈倒"U"形关系。无焦虑或焦虑水平过低，学习无紧迫感，对什么都无所谓，肯定学不好；而焦虑水平过高，人的精神极度紧张，又会影响正常的动机，变压力为动力，学习效果最好。这就提醒我们要调控情绪，使之保持适度焦虑，客观地认识自我，在学习中扬长避短，讲究学习方法，为实现理想的目标坚持不懈地奋进、拼搏。

❸ 坚持积极暗示

为调节好情绪，可进行积极的心理暗示。大家都有这样的体会，一个人总是沉浸在不愉快的回忆中或满脑子都在想我为什么学不好、记不住时，情绪肯定低落、焦虑，且效率不高。因为这种心态不利于大脑正常发挥作用。因此，考生们要学会自我调整，当你坐在书桌前开始学习时，脑海中先浮现出令你最自豪、最愉快的画面，并在心中默念三遍："考试前我一定能复习好"，"我绝对有能力学习好"，然后充满信心、精神振奋地投入学习。这种方法，你不妨试试，或许会有明显的效果。你要相信你的体内有一颗成功的种子，也许它还在休眠，快些把它唤醒，它会把你带到成功的高峰。积极的自我心理暗示有助于增强自信，排除焦虑，充分挖掘潜能，提高学习复习效率。

在心里点亮一盏灯

　　高二那年，梦偾班里新转来一个学生：景鸣，博学多才，风度翩翩。梦偾和他分到了一个实验组，每次上实验课的时候，细致周到的梦偾，总是和景鸣配合地十分默契。和景鸣在一起的时候，梦偾总是感觉自己轻飘飘的，而景鸣渐渐成了系在她心上的一个根线，时时处处都牵着自己。但梦偾心里清楚，在景鸣的众多追求者中，她是最不起眼的一个，她学习成绩差，相貌也很平常，连她自己都觉得没有希望，为了离白马王子近一些，她暗暗下定决心，一定要考进班里的前三名。

梦倩的努力景鸣也看在眼里，时不时地，也会帮她补课，而这些，也成了梦倩的动力。

高二期末考试的时候，梦倩整夜整夜地睡不着，那些天，人都昏昏沉沉的，考试结果出来后，更是吓了她一大跳，不但离前三名差很远，连以前的名次都没保住。

爸爸看了成绩单，听老师说梦倩和景鸣走得很近，就以为是梦倩在谈恋爱，耽误了学习，狠狠地收拾了梦倩。

梦倩回到房间，眼泪哭干了，心也碎了。

从那以后，梦倩都是远远地看着景鸣，她这只丑小鸭是再也没有机会了。

梦倩整天像梦游一般，机械地在往返于学校和家之间，和谁也不说话，上课的时候，也总是在发呆，老师找爸爸谈了好几回，可无论爸爸说什么，她还是老样子。

已经是高三了，眼看要高考了，可梦倩一点也不着急，依旧在课堂上发呆。妈妈拉着她的手，眼泪扑簌扑簌的说："倩儿，你到底是怎么了，怎么总是这样闷闷不乐的？是不是爸爸给你的压力太大了，你要放松一些，这一回考不好没关系，妈妈可以再送你去上补习学校，可是你不能总这样，身体会受不了的。"

梦倩心里酸楚，只是她想，连妈妈也不懂她的心，她在这个世上真是太孤单，活着也没什么意思啊……

高考的浓雾已经在学校和家长们中间弥漫了，从同学们各种花样的复习资料和老师题海中就已经能感觉得到，这将是一

段艰苦的旅程。但是梦傧就像生活在玻璃瓶里，和外面的世界没有任何瓜葛，她的心死了。

突然有一天，梦傧收到一封信，看信的落款写着景鸣两个字，她的心忽然就疼了一下，已经很久没有这样的感觉了。

梦傧，你好，当你收到这封信的时候，我已经要离开你和咱们班了，我要回家乡去参加高考了。临走之前，你妈妈来找过我，想让我劝劝你……

我不知道从哪里说起，只是，在我的记忆里，和我一起做实验的那个细心勤奋、乐观努力的女孩，是最美丽的。

对我们两个人来说，这也许是留在彼此心中最美好的记忆了，我不知道你是怎么想的，但是，我希望我们俩都能在彼此的心里亮起一盏灯，照我们走过灿烂的青春。

永远珍藏着你笑容的人：景鸣

当梦傧的最后一滴眼泪滑落的时候，她竟不由自主地露出了笑容。

是的，青春是美好的，永远成为自己心里的一盏灯，这就已经足够了。

信心再一次来到了梦傧身边，虽然剩下的时间不多了，但是，梦傧不想再次错失机会了，她一定能够做得到！

 问题诊断：**树立必胜的信心**

很多人会因为考试前准备不足或者平时成绩不理想而整天郁郁不乐，主要的原因有以下几个方面。

❶ 多次失败与挫折的积累

因为环境的影响和所学学科的难度大，学习成绩一直不理想。再加上性格内向，不愿吐露给别人，积压在自己的心里，也不积极分析失败的真正原因，归之于自己的能力。久而久之，丧失自信心，导致自卑。

❷ 别人长期过低的评价

由于成绩不好，同学们很少跟他们接触，与他们沟通，他们得不到理解和支持。而在家庭中有的只是叹气与批评。有些教师对他们的歧视，更是雪上加霜，从而导致自卑。

❸ 生活、身体条件欠缺

如家境贫寒、生理缺陷，如个矮、偏胖、残疾等，使他们觉得低人一等，抬不起头来，导致自卑。

 应对措施：**让你的心里亮起来**

❶ 积极自我暗示，相信自己能行

别人能行，要相信自己也能行；其他同学能做到的事，相

信自己也能做到。要善于在课桌上、床沿边上激励语："我行，我能行，我一定行。"特别是遇到困难时要果断、反复地默念。增加心理力量，使自己逐渐树立起自信心。

② 注意仪表，保持精神风貌

整洁的仪表能够得到别人的夸奖和好评，提高人的精神风貌和自信心。当你的仪表得到别人的夸赞时，你的自信心一定会油然而生。

③ 挑前面的位子坐，敢于引人注目

有意识地练习坐在前面，能够引起教师和同学们的关注，拉近你与老师的心理距离，赢得他们的赏识，激发自信心，集中注意力。

④ 练习正视别人，提高自我胆识

要经常提醒自己要面带微笑，正视别人，用温和的目光与别人打招呼，用点头表示问候，用聚精会神、专心致志的听讲表示对他人的理解与支持。

⑤ 坚持当众说话，勇敢吐露见解

当众说话是建立自信心最快的手段，在课堂上或公开场合要尽量举手发言。只要敢讲，就会比那些不敢讲的同学收获大。

⑥ 挺起胸膛，让步履轻松稳健

步态的调整，可以改变心理状态。自信的人走起路来则是胸膛直挺，步子稳健轻松。

⑦ 学会善待他人，融洽人际关系

首先，要善于对师长和同学微笑。其次，在与他人交谈时，适当、真诚地赞美别人的优点。再次，在生活上、学习上主动帮助他人，增强自己的社会责任感。

⑧ 切勿求全责备，学会变换视角

即使自己因失败而陷入自责时，请你提醒自己，不要做唯美主义者，换一个角度看问题，把它变成表扬。做自己的伯乐，善于发现自己的优点，及时激励自己。

⑨ 循序渐进，让自己体验成功

体验成功的诀窍就是为自己确立小的奋斗目标。当每一个小目标完成时，都要奖励自己，如看一会儿电视，听一段优美的音乐，吃一个苹果，买一本向往已久的书等。

⑩ 积极参加集体活动，不怕失败自觉磨炼

信心不足的学生应参加各种集体活动，一定要注意克服怯懦、优柔寡断等不良意志品质，培养意志的果断性、自制性和坚韧性。

考试小魔法：考前饮水策略

考生可以在开考前不久适当喝糖水。这种糖水，应该是直饮水或白开水加上少量白糖搅拌勾兑而成的自制糖水。考试时人的精神高度集中、脑细胞快速运转，大脑活动激烈消耗葡萄

糖非常多，考前补充糖分非常重要。但是，过度甜腻反而会影响人的思维能力，所以一杯低浓度糖水即可。

此外，由于尿液的来源主要是饮水，在考试当天，早餐少喝或不喝牛奶、豆浆等饮品，而以面食、煎鸡蛋为主；午餐尽量别喝太多菜汤；考完后则可多饮矿泉水，以供新陈代谢所需。另外，在饮食中适当降低含盐量，以免因口渴而在考前被动饮水过多。

高考期间切忌饮水过多，以免增加心脏和消化系统、泌尿系统的负担，尤其是在考试期间，更不要大量饮水，应采取少量多饮的办法来缓解口渴。

汽水、果汁、可乐等饮料中，往往含有较多的糖精及电解质，这些物质会对胃产生不良刺激，影响消化和食欲，增加肾脏负担。过多摄入糖分会增加人体热量，使人产生困倦感，不利于考试的正常发挥。

如果考生的生理、心理都已习惯甚至依赖咖啡、茶水或某些补充能量的液体，临时中断反而可能带来不适，如心理上担心没喝咖啡会精神不好等，所以大可不必刻意调整，按照平时的量、在离考试还有一段时间内饮用，然后开考前小便即可。如果从来没有喝咖啡、茶水习惯的考生，则没必要特意补充此类饮品。

你虽然在颤抖，可得往前走

今年考试要采取单人单坐和作弊登记处罚等制度。消息一出，学校立马像炸了锅一样。

这些条条框框一公布，立即震慑了一帮平时松散、考试惯使"小聪明"和基础不好、成绩较差的学生，整个校园顿时紧张起来。

我班女多男少，而且大多都是一个小区的。大家课余时间闲侃时，都忘不了捎带一句："都乡里乡亲的，考试时要互相帮助，啊——"这个"啊"字读第二声，且拖得长长的。大家听后都道："自然，自然。"可是，学校公布如此之严的考试规则，大家一下蒙了，纷纷找高年级的大哥大姐询问以往考试的情况。师兄师姐们安慰道："没有这么严厉，是做样的，吓你们的。"心情便随之坦然一些。

但是，大家都还是紧张起来。周末，约着出去玩的少了，网吧里开战的烽烟散了，大街上闪烁的青春身影疏少了。校园里的绿树下、草坪上，教学楼的拐角处、阳台边，还有原本嘈杂的课室，此时都安静起来。学子们或坐、或躺、或站；看的、读的、背的、做的，互相提问考答的，给课堂外的校园增添了一道"美丽"的风景。

半月前就开始紧张的考试复习，终于一日一日地捱了过来。考试前夕，学校领导的训话，班主任的婆婆妈妈，科任老师的反复叮嘱，我们听进去又跑出来，头脑已是一片空白。

害怕考试，害怕危险的60分以下，害怕补考。

也害怕自己！

总之，考试面前一个字：怕！

考试了，果然严厉。打印的考试规则和考场、座位、时间等的安排就贴在讲台一侧的小黑板上，写得明明白白，都是模仿高考的阵势。

敢有侥幸的心理吗？能有作弊的动机吗？"小聪明"起作用吗？此刻，什么都想，又什么都不想。满脑子的考、考、考。

侥幸的心理就藏在心里，作弊的动机就闪烁在眼里。走进考场，大家忙着找座位、搬挪桌椅，开关窗户，此呼彼应，嘻嘻哈哈的。看起来是难得的轻松，可怕的轻松，可是，每个人心里，还是少不了那个怕字。

轻松的几分钟过去了，监考老师走进来了。是两个，一前一后。草稿纸马上发下，是统一的白纸。试卷随即发下，是几大张印得密密麻麻的"机关"。汉字和阿拉伯数字我们都认得，可破"机关"的钥匙呢？在脑中？在手中？还

是在……

监考老师是我们一半熟悉一半陌生的主儿，此时他们分别站在最佳监视位置上，眼睛比平时锐利了许多，神情比平时严肃了许多。他们看着，我们做着——这便是考试！

走廊里有脚步声由远而近，短暂的停留之后又由近而远。那是巡考老师的。脚步声来来去去，我们的心也蹦来跳去。

考试时间过半，监考老师作困倦状。有胆大心细的苦人儿，开始东张西望，开始手传暗语，开始递小条条，开始进行"秘密工作"。一人先行，众人相随。团结、协作、配合的"集体主义精神"在这里发扬光大，表现得淋漓尽致。答题的速度猛然加快，方才还是一片空白的卷儿已被迅速地填写。"一万年太久，只争朝夕！"作弊，我们无可奈何；60分，我们真的爱你！

不幸的事情还是发生了。老虎打盹的时候，猎人正醒着呢。巡考老师的脚步声不知何时变得悄无声息了。临窗的那位可倒了大霉。人赃俱获，还有何话可说？作弊，严重的作弊！该科0分，记大过一次，公榜。

我们抬起头。怔怔地看着，忘记了答题。违规的那位走了出去，脚步声显得很沉重。监考老师有了活教材，站在讲台上，言简意赅地发言了。

如今读书苦，考试更苦。因为苦，才害怕考试，害怕读书。

心态好 成绩高

问题诊断：**永远不要害怕考试**

法国 17 世纪的著名将领图朗瓦以身先士卒闻名，每次打仗都站在队伍的最前面。在别人问及此事时，他直言不讳道："我的行动看上去像一个勇敢的人，然而自始至终却害怕极了。我没有向胆怯屈服，而是对身体说：'老伙计，你虽然在颤抖，可得往前走啊！'结果毅然地冲锋在前。"

考试也是一样，即使你在颤抖，你依然需要往前走，记住，永远不要害怕考试，而是要学会把考试当作一架通往成功的梯子。

应对措施：**强大的内心力量**

对于每一个要克服的障碍，都离不开坚韧；面对着所执行的每一个艰难的决定，我们所依靠的是内心的力量。事实上，坚韧并非是生来就有或者不可能改变的特性，它是一种能够培养和发展的技能。

❶ 积极主动

美国东海岸的一位商人知道自己喝酒太多，然而他从事的是一种很烦人的工作，而在进餐前喝几杯葡萄酒似乎能让紧张的心情得到放松。可酒和累人的活又使得他昏昏欲睡，因此常常一喝完酒便呼呼大睡。有一天，这位经理意识到自己是在借酒消愁，浪费时光。于是他决定不再贪杯，而是把更多的时间用于关心儿女身上。刚开始时很不容易，常常想起那香气四溢的葡萄酒，但他告诫自己现在所做的事将有所得而不是有所失。后来的事实证明，他越是关心家庭和子女，工作起来的干劲也就越大。

主动的意志能让你克服惰性，把注意力集中于未来。在遇到阻力时，想象自己在克服它之后的快乐；积极投身于实现自己目标的具体实践中，你就能坚持到底。

❷ 下定决心

美国罗得艾兰大学心理学教授詹姆斯·普罗斯把实现某种转变分为四步：

抵制——不愿意转变；

考虑——权衡转变的得失；

行动——培养意志力来实现转变；

坚持——用意志力来保持转变。

为了下定决心，可以为自己的目标规定期限。玛吉·柯林斯是加州的一位教师，对如何使自己臃肿的身材瘦下来十分关心。后来她被选为一个市民组织的主席，便决定减肥 6 公斤。为此她购买了比自己的身材小两号的服装，要在 3 个月之后的年会上穿起来。由于坚持不懈，柯林斯终于如愿以偿。

❸ 目标明确

普罗斯教授曾经研究过一组打算从元旦起改变自己行为的实验对象，结果发现最成功的是那些目标最具体、明确的人。其中一名男子决心每天做到对妻子和颜悦色、平等相待。后来，他果真办到了。而另一个人只是笼统地表示要对家里的人更好一些，结果，没几天又是老样子，照样吵架。

不要说诸如此类空空洞洞的话："我打算多进行一些体育锻炼"，或"我计划多读一点书"。而应该具体、明确地表示——"我打算每天早晨步行 45 分钟"，或"我计划一周中一、三、五的晚上读一个小时的书"。

❹ 改变自我

然而光知道收获是不够的，最根本的动力产生于改变自己形象和把握自己生活的愿望。道理有时可以使人信服，但只有在感情因素被激发起来时，自己才能真正加以响应。

汤姆每天要抽三盒烟，尽管咳嗽不止，但依然听不进医生的劝告，而是我行我素，照抽不误。"有一天，我突然意识到自己真是太笨了。"他回忆说，"这不是在'自杀'吗？为了活命，得把烟戒掉。"由于戒烟能使自己感觉更好，汤姆产生了改掉不良习惯的力量。

❺ 磨炼意志

早在 1915 年，心理学家博伊德·巴雷特曾经提出一套锻炼心志的方法。其中包括从椅子上起身和坐下 30 次，把一盒火柴全部倒掉然后一根一根地装回盒子里。他认为，这些练习可以增强心志，以便日后去面对更严重更困难的挑战。巴雷特的具体建议似乎有些过时，但他的思路却给人以启发。例如，你可以事先安排星期天上午要干的事情，并下决心不办好就不吃午饭。

来自新泽西州的比尔·布拉德利是纽约职业篮球队的明星，除了参加正常的训练之外，他每天一大早来到球场，独自一个人练习罚球的投篮瞄准。"功夫不负有心人"，他终于成为球队里投篮得分最多的人。

❻ 坚持到底

俗话说"有志者事竟成"，其中含有与困难作斗争并且将其克服的意思。普罗斯在对戒烟后又重新吸烟的人进行研究后发现，许多人原先并没有认真考虑如何去对付香烟的诱惑。所以尽管鼓起力量去戒烟，但是不能坚持到底。当别人递上一支烟时，便又接过去吸了起来。

如果你决心戒酒，那么不论在任何场合里都不要去碰酒杯。倘若你要坚持慢跑，即使早晨醒来时天下着暴雨，也要在室内照常锻炼。

考试小魔法：家长的功课

亲爱的家长，您的鼓励和引导不要有太强的目的性，不如闭上嘴，眼睛默默观察，心里默默祝福，让孩子自己调节。

轻轻拍一下孩子的肩膀，给孩子默默的支持有时候肢体语言比千百句苦口婆心的话还要管用。在调整好自己的情绪后，发现孩子有紧张情绪时，不妨对他们说："孩子，只要尽力就行。"孩子能从这样一句话中感觉到父母的支持、理解、信任和体谅，而且几乎没有哪个孩子会因为父母说了这句听上去有些"纵容"的话而真的松懈下来，相反他们会卸下思想包袱，在梦想前变得更加义无反顾。

注意观察孩子的变化，及时调节孩子的营养和饮食。试前超体力脑力负荷容易出现头昏、乏力、虚汗、失眠、食欲差等情况，食欲欠佳可调节饮食结构，多补充蔬菜和杂粮，记忆力下降可增加补脑食品，疲乏无力可补充多肽能量片，精力难集中主要是缺乏氨基酸，胃肠功能欠佳可使用益生菌，体质差易感冒可补充初乳钙，不爱吃青菜可以吃一些复合维生素。

第三章

你的心情你做主

——心理训练篇

心态好 成绩高

第一节 战胜三角魔的小鸟

"我永远都弄不懂三角函数了!"

当可可把书包扔到沙发上的时候,自己也跟着陷进了沙发里,展开四肢叹息着说道。

妈妈拣起可可的书包,问道:"不会啊,你数学不是一直都挺好嘛,三角函数有什么难的,只要你记住了公式,计算起来不难的啊。"

"妈,你不知道,讲三角函数的那时候我不是正好生病了嘛,就没去学校,这下可好,现在一遇到它就犯糊涂,我也问过老师,可是当时会了,过后还是不行,我也不是没努力,公式都背下了,到用的时候总是会搞混了,现在眼看要考试了,

我什么都不会，看来我天生就不是学三角函数的人。"

"可可，要相信自己，你一定行的……"

"好了，妈妈。不用安慰我了，我最清楚自己的本事，从小我就是个遢遢的人，不是吗，那么复杂的公式，我一看就脑子乱，怎么能弄清楚呢。"

可可一副失败的样子，妈妈也不好再说什么，摇着头走开了。

可怜的可可，这下子，三角函数成了他心里的魔鬼，开始在他心里长开了。只要是遇到三角函数的考试，可可肯定会败下阵来，最可怕的是，就是因为三角函数，可可对数学的兴趣几乎降到了零。

"我们家可可小时候可聪明了，上幼儿园之前就能从1数到100了。"呵呵，这可是妈妈的口头禅哦。

现在啊，这句话就是可可的紧箍咒，只要妈妈一念，可可肚子里的"三角魔"就会冲出来，死死抓住可可，一直把可可折磨到头痛欲裂。

直到暑假的一天，乡下的舅舅打电话来，邀可可去玩。

可可最喜欢冒险了，舅舅就在林区边上，可以去山林里玩，对可可可来说，是最有诱惑力的事了。

一天，可可到舅舅家附近的一座山上去，发现了一个鹰巢。他从巢里拿了一只鹰蛋，带回舅舅家，然后把鹰蛋和鸡蛋放在一起，让舅舅家的母鸡来孵。

果真，孵出来的小鸡群里多出来一只小鹰。小鹰和小鸡们一起玩着，起初它很满足，过着和鸡一样的生活。

但是，可可发现，当小鹰一天天长大的时候，它表现得越来越不安。它会时不时地拍动翅膀，可是，它终究还是没有飞起来。直到有一天，一只老鹰翱翔在舅舅家的上空，小鹰的双翼似乎有了一股奇特的力量，它抬头呆呆地看着老鹰的时候，突然，它展开了双翅，飞到了屋顶上，最后一直冲上了青天。

可可压抑不住自己的激动，他赶紧去叫舅舅，舅舅拍着可可的肩膀说："是雄鹰总会翱翔于无边无际的天空。只有激发了自己的潜能，克服各种困难，最终都会有这么一天的。"

回城的路上，可可一直想着舅舅的话，他想起自己心里藏着的三角魔，也许自己真的有能力战胜它！

从那开始，可可开始认真钻研起三角函数来，他发现，背过的公式很容易忘记，可是，靠自己推出来的公式就不会忘了，他把每个三角函数公式都自己推演了一遍，遇到新的题目时，可可突然发现，原来三角函数也这么简单，也是这样的有魅力，可可几乎是要迷上这个变可爱了的"三角魔"了。

问题诊断： 什么是心理训练？

从广义上讲，心理训练就是有意识、有目的地对人的心理施加影响的过程；从狭义上讲，心理训练就是采用一定的方法和手段来形成良好心理状态的过程。心理训练已被广泛应用于竞技体育、学校教育、军事训练、医疗、文艺表演，以及人的工作及生活等诸多领域，并取得了可喜的效果。

心理训练对参加考试所起的积极作用，主要表现在以下几个方面。

① 有助于学生提高情绪调控能力

很多人在学习和考试中经常会受到情绪问题的困扰，不良的情绪会直接影响到他们的成绩。通过进行有针对性的心理训练，可以逐步提高他们的情绪调控能力，有效地解决这些情绪问题。

② 有助于学生增强意志品质

意志品质薄弱是一些青少年学生在考试中表现不好的常见原因之一，而坚强的意志品质有利于他们克服考试中的种种困难，最大限度地表现出自身的能力。在考试中加强心理训练，是培养良好的意志品质的一种有效途径。

③ 有助于消除身心疲劳

一定负荷量的考试会引起青少年学生的身心疲劳。过去，对于这种身心疲劳，一般是通过休息、睡眠和营养等手段来加以消除。现在，消除身心疲劳的手段呈现多样化的发展趋势，出现了诸如医学、生物学、教育学和心理学等手段。研究表明，心理训练（如放松训练等）不仅有利于恢复心理上的疲劳，而且也有助于恢复身体上的疲劳。

心态好 成绩高

应对措施：激发你的潜能力

美国的潜能开发大师安东尼·罗宾说："人的所有改变，都是潜意识的改变。"

如何自我训练潜意识呢？潜意识分不清真假，只要你不断重复想象并相信它，事情都可能变得真实；潜意识也从不睡觉，只要在睡觉前对你的潜意识说某一件事情能够完成，你就可以发现，潜意识可以创造很多的奇迹。激发潜能的方法通常如下。

❶ 目标视觉化

把你的目标画成一张图片，或者写下来，让自己看到它，只要重复多次就能影响你的潜意识。

❷ 自我确认自我暗示

宇宙有一些非常奇妙的定律，其中最奇妙的就是"相信定律"，因为你的潜意识分不清楚事情是真是假，通过你不断重复的想象，你只要相信它，终究会成为事实。

❸ 不断重复你的想象

通过放松，让你冥想的内容输入你的潜意识。大家都知道，人在放松的时候，处于一种催眠状态。这时，你的潜意识自然会浮现出来，任何的信息在这个时候都非常容易进入。

 乘兴前行的小英雄

　　小伟天资聪颖，接受能力强，打球、跳绳、跑步样样在行，并且为班级争得不少荣誉，是班里的小英雄呢。

　　可他就是贪玩、不爱学习，对学习没兴趣，学习成绩很差，上课经常打不起精神，作业也常常拖拉不做。下课铃一响，他一溜烟就跑得无影无踪了。说起玩来，他头头是道，可谈到学习，他却提不起精神。老师多次与他谈心，结果还是左耳进、右耳出，一玩起来，就什么都忘了。这不，班主任筱雨老师又来找他谈话，今天的英语课上，小伟竟然趴在桌上睡着了。

　　放学以后，筱雨老师到了小伟的家，要和他进行一次长谈。这回，筱雨老师突然闯进小伟的家，小伟都有些惊慌失措了，紧张地连呼吸都困难了。

　　"小伟，怎么不给老师倒水啊?"要不是妈妈喊他，小伟还在那发愣呢。

　　筱雨老师坐下来后，很温柔地看着小伟说："小伟，你过来，坐下，老师和你好好谈谈行吗?"

　　小伟原想老师找上门，一定要把上课睡觉的事告诉妈妈，就低着头悄悄坐下了。

"小伟，老师今天来找你，是要你懂得一个道理，只有努力才能获得成功，要体验成功的乐趣，你就必须付出努力。"

老师没有提上课睡觉的事，小伟很意外，紧张也就溜走了一半。

"我对英语没兴趣啊！"小伟把心里的实话告诉了自己心中是崇拜的老师，他觉得，这是不能告诉妈妈的，但是，在筱雨老师面前，没什么不能说的。

"没兴趣就可以不做吗？"筱雨老师接着说，"老师是教音乐的，就让我们拿学习钢琴这件事来说吧。首先，如果一个孩子，他不仅天生喜欢听音乐，而且还总喜欢一个人爬上琴凳，用一双小手把琴键敲得叮咚作响，他为自己能'弹'出声音感到高兴和得意，他以为'弹钢琴'就是这么回事。可是，当真有一天请了老师，让他正儿八经'把手指头站好'开始学琴的时候，可能会因为要他这样做、那样做而厌烦起钢琴来。这个时候，我们有没有兴趣来决定学还是不学呢？显然不是，如果仅仅凭兴趣，这个学习是坚持不下去的。你必须知道，学习有自身的规律，比如要循序渐进，要打好基础等，这叫学习的科学性，学习英语也是如此，开始学的时候，不可能一下子就说出流利的句子，必须经过一个学习和练习的过程。过了入门关是不是就事事都合兴趣了呢？当然也不是。它需要经过长时间的艰苦训练，而且这种训练还会常常离开英语本身，学习有时候就会变得带有机械性我相信如果是讲兴趣，你肯定不会对能说一口流利的英语不感兴趣，可是，我们的确不能放弃训练，尽管这些枯燥的练习不是我们乐意而有兴趣干的事，但却是不能排斥或拒绝的。"

筱雨老师的一席话，让小伟开始觉得有些觉悟了。是的，不是自己对英语真的不感兴趣，只是对学习过程中的训练不感兴趣而已。

筱雨老师看小伟开始若有所思的样子，就接着说道："音乐是美妙的，同样，语言也是美妙诱人的，但是漂亮的英语不会从天而降，一口流利的英语，需要我们有掌握单词和句子的过硬功夫，才能说出来，而仅仅靠兴趣是得不到这种过硬功夫的。总起来说，从学习的角度讲，'兴趣'是我们的朋友，'需要'也是我们的朋友，如果兴趣同需要发生矛盾，我们应该看到，'需要'不可回避，'兴趣'可以培养，根据需要培养我们的兴趣，使我们的学习变得生动活泼些，这是一种解决的办法，但当兴趣难以培养的时候，我们就要依靠自己的思想意志，依靠明白'需要'重于'兴趣'的道理，来解决'兴趣'与'需要'这一对矛盾。要善于捕捉一切时机，不断刺激自己的好奇心及求知欲，明白吗？"

"恩，我知道了，老师。"听了老师的话，小伟觉得很激动。

那天，筱雨老师还给小伟教了很多练习英语的方法，比如听广播、新闻，试着在同学面前说英语等。临走的时候，筱雨老师还跟小伟一起拍了照片。

现在，小伟的手机墙纸就是和筱雨老师的合影，这使这个小英雄在班里十分自豪。当然，还有更自豪的事，小伟的英语口语也是最棒的，他还会时不时地冒出两句呢。

期末考试快到了，现在小伟绝不会在英语课上睡觉了，他的目标就是这次考试的第一名，到那个时候，他可就是班里名副其实的"小英雄"了。

问题诊断：兴趣、能力、性格、气质等个性心理特征

学习兴趣，指一个人对学习的一种积极的认识倾向与情绪状态。从教育心理学的角度来说，兴趣是一个人倾向于认识、研究获得某种知识的心理特征，是推动人们求知的一种内在力量。学生对某一学科有兴趣，就会持续地专心致志地钻研它，从而提高学习效果。从对学习的促进来说，兴趣可以成为学习的原因；学习可以产生新的兴趣和提高原有兴趣，从这点来看，兴趣又是在学习活动中产生的，可以作为学习的结果。学习兴趣既是学习的原因，又是学习的结果。

学习兴趣大体上可以分为直接学习兴趣与间接学习兴趣两种。前者是由所学材料或学习活动——学习过程本身直接引起的。后者是由学习活动的结果引起的。间接学习兴趣具有明显的自觉性。当一个人意识到学习的社会意义或与自己的关系时，学习兴趣就随之产生。例如，为了集体的利益，意识到学习的目的或任务，因而支配自己去坚持学习。或者为了得到父

母、教师的赞赏，同学、朋友的尊重，在考试中得到好分数，在竞赛中取得胜利等，也能引起学生对学习的兴趣。

直接学习兴趣与间接学习兴趣常常是融合在一起的，既有直接学习兴趣的成分，又有间接学习兴趣的成分，其中，或以直接学习兴趣为主，或以间接学习兴趣为主，或两者难分主次。开始时对学习的间接兴趣，在学习过程中很有可能逐渐转化为直接兴趣。而对学习的直接兴趣，若无特殊情况，大多能长期持续下去，并且愈来愈浓厚。实践表明对学习的直接兴趣是提高学习质量最有利的因素。

 应对措施：兴趣引导学习

"兴趣是学习和求知最大的动力"，这句古老的谚语今天和以后都不会过时。这不仅仅是一种方法，它所包含的是人类知识的一个古老而充满智慧的法则。同样，"引导是教育和培养孩子的最好方法"，这句话今天和以后也不会过时。

利用孩子的兴趣，通过引导的方式来开启和培养孩子的智力，著名教育学家斯宾塞给大家提出了以下建议。

——当你对某件事物表现出兴趣时，不能简单地因为自己认为"没用"而自责、否定他。

——利用这种兴趣可能给你带来的快乐专注，从而使他获得与这一兴趣相关的知识。

——通过自己查阅和请教别人的方式来获得知识。

——记录是使知识存留下来并训练使用文字、图画、书籍的好办法。

——尽量不使用"任务"、"作业""考试"这类词，而代之以有趣的名字。

第三节 可爱的西和梧桐叶

苏瑞的房间在三楼，窗外有一棵梧桐树，宽大的叶子总是在夜晚打着酣陪着她入睡。"西"是罗琼西的爱称，她是苏瑞最好的朋友，不仅是因为她俩住在同一个院子里，她们还是同一个班。每天放学，她俩都会手牵着手回家。

梧桐树一天天在长高，苏瑞和琼西也已经上高中了，昔日手牵手的小伙伴都成了大姑娘，她俩穿起 twins 装，就连每一株她们经过的花草也都染上了青春了气息，她俩是小院里最美的风景。

那是 5 月里发生的事。一个冷酷的、肉眼看不见的不速之客悄悄地游荡到了苏瑞的家，用他冰冷的手指头紧紧抓住了苏瑞。就在高考的前一月，苏瑞突然生病了。

身子单薄的苏瑞被病魔折磨得没有一丝血色，本来，一次高烧并算不得什么。然而，苏瑞却遭到了严重的打击，她躺在一张白色的铁床上，一动也不动，凝望着病房里的空墙。

一天早晨，整天忙碌着照料的苏叔叔扬了扬眉毛，把琼西叫到外边的走廊上。

"我看，苏瑞只有十分之一的恢复希望，"苏叔叔紧锁着眉头说，"这一分希望就是她想要坚持下去的念头。虽然苏瑞现在已经不会有什么危险了，可是，偏偏在高考前生病了，我看她是很难恢复信心了。"

"我们约好一起上大学的，她不能就这样放弃了。"琼西说。

"但是，我不知道她脑子里还有没有面对考试的勇气？"

当琼西再次走进病房的时候，苏瑞躺着，脸朝着窗口，被子底下的身体纹丝不动。琼西以为她睡着了，轻轻地退了出来。可就在西走出门的那一刻，苏瑞的脸上滑下了泪水，她知道，这一次，她真的要和西分开了。

出院以后，苏瑞整天把自己关在屋子里，还有两周就要考试了，她无法面对同学们热火朝天复习的情景，连窗帘都不肯拉开，只是躲在屋子里发呆。

琼西来看过她好几回，她都没有开门，只说让琼西好好复习，不要管她了。琼西没有办法，只好失望地离开。

那些日子，苏瑞觉得特别的孤独，突然间，她的世界被一场突如其来的流感毁了，她的朋友、她的生活、她的希望……一切的一切都没有了，她甚至不知道该如何面对自己。

她怪自己没用，怎么会在这么关键的时候生病呢，她和琼西早就约好了，考同一所大学，继续做好姐妹，还有，她们要一起学画画，她要把窗外心爱的梧桐树叶一片片地全画下来……可是，这一切都已经变成了不可能。

苏瑞有一种知觉，她要和西越来越远了，而这次高考，就是她们关系的分水岭，这种感觉越是强烈，她就越害怕考试。苏瑞一直以来都相信自己的知觉，这一次，她真的过不去了。

第二天早上，当苏瑞蒙蒙胧胧醒来的时候，她发现门下面有一个信封。

打开一看，滑落出来的是一片梧桐树叶，还有一套高考模拟题。

梧桐。苏瑞拣起叶子，还带露水的嫩绿的叶子，一下子让苏瑞感觉轻松了许多，她来到窗前，拉开紧锁了好几天的窗帘。

天啊——苏瑞惊呆了，原来梧桐树上挂满了小条幅，上面写着："苏瑞加油，苏瑞加油！"

苏瑞打开门，见爸爸妈妈就站在门口，爸爸笑着说："你有这么好的朋友，还有我们，为什么要轻易放弃呢？其实考试没什么，重要的是你要敢于去面对！西为你做了这么多，为了这些条幅，她一夜都没睡，你要是连考场都不上，对得起西吗？"

"是啊，瑞，琼西说她会每天来给你送最新的模拟题，她在考场门口等着你。"妈妈接着说道。

苏瑞的眼里闪出了泪花，顷刻间，她感觉自己已经身处考场，而可爱的西，就在那里朝她招手呢！

是的，还等什么呢，赶紧复习吧，只要自己努力了，就绝不后悔！

问题诊断：改善知觉过程

知觉是客观事物直接作用于人的感官时，在人脑中产生的对事物整体的反映。如看到一张桌子；听到一首歌曲；闻到一种菜香。

知觉与感觉一样，都是事物直接作用于感觉器官产生的对事物的感性反映形式。对事物属性感觉越丰富，知觉越清晰，越完整。

知觉的研究通常和错觉联系在一起，这是一件很有趣的事情。心理学经常通过研究一种机制失效的情况来研究这种机制

的规律。

知觉与感觉通常是无法完全区分的，感觉是信息的初步加工，知觉是信息的深入加工。而关于考试的知觉，就是取决于对考试信心的加工和自己经验的集合。很多人都会对考试形成既定的知觉，并依据已经取得的信息来判断结果，这种结果在很大程度上左右了参加考试的人的心理状态。

及时改变知觉过程，排除不良的知觉信息，是每个应考者都必须做的。

 应对措施：适度渴望和自我暗示

❶ 正确认知考试和压力

改变对考试的不恰当的认识。考试只是对你以前的努力的一种评定和总结，它的结果更多的应该体现在你对未来计划的制定上。别为自己凭空想象的后果吓倒。考试的结果并不能真正决定你的价值和前途。正如青年作家杨仿仿所说的"自己的价值是靠自己去发现和挖掘的。它只有靠自己去评定，而不是别人，当然也不是靠考试成绩"。

❷ 适度的期望

正确的评估自己的复习情况，给自己一个合理的评估。

同时，找个安静的环境，想像自己考试后的结果。评估自己最坏的结果可能是什么？当这种最坏的结果发生时，自己的情况会怎么样，自己能接受吗？如果能接受，就不需要焦虑，只需要做好现在的就好。如果不能接受，还需要做些什么可以避免这样的结果呢？

这样子，自己还可以很好的找到自己需要补充的，从而完善自己，复习好，取得考试的好成绩。

❸ **积极的自我暗示**

坚信自己一定能够成功，经常以"我一定行的"、"我肯定会获胜"等一类的信念强化自己。别以为这只是空洞的口号，也不要怕在别人面前说出来，慢慢的你就会发现，你真的自信起来了。这正是心理学家所说的"成功起于意念"。考场中，如果出现心跳加快、肌肉绷紧、思维混乱的情况也不必太过担心。进行深呼吸，然后对自己说"镇定"、"放松"，这可以减缓考试焦虑，使思维恢复。因为太过紧张时，大脑皮层相关的神经组织的正常活动遭到了干扰。运用正向语言刺激，可在大脑皮层中建立新的兴奋灶，恢复旧的神经联系，以抑制暂时的神经紊乱，提高思维的效率与能力。

❹ **自我成功影像法**

在你去熟悉考场的时候，找到了自己的考场，可以在自己的位置上，坐一下，记住周围的场景，就在现场或回家后，冥想自己正在自信、轻松地参加考试，思维敏捷，答题迅速有效，最后顺利完成所有考试。最好带着那种顺利完成后的感觉，那个图像最好也是有亮度和色彩的，把它想像得更加的丰富，并记住那种感觉。坚持多去锻炼自己的自我成功影像，非常有助于增加自信。

❺ 全身放松

当感觉到自己出现焦虑和紧张的情绪时，开始作全身放松。

心理生理学家研究表明，焦虑情绪是心理与生理互相影响的过程。威胁性的情景会引起相应的腺体和肌肉反应，如皮肤出汗、肌肉紧张等；而肌肉的运动也与人的情绪状况密切相关。人可以通过控制肌肉运动来调整自己的内心情绪状态。肌肉放松的程序如下：每天在 30 分钟内，以语言暗示做从脚到头的放松训练。使脚趾、小腿、大腿、臀部、腹部、胸部、手、胳膊、脖子、头面部肌肉逐步地紧张收缩，保持 2～3 秒钟，慢慢地放松；然后又紧张收缩，保持，放松。每个部位如此重复 10 次。一段时间之后，你就会发现，你可以随心所欲地控制自己的肌肉运动了，你很轻易就可使自己的肌肉处于静止放松的状态。这种状态会使你的精神得于安宁，可以集中精力活跃地思维。

第四节 挖井人的困惑

小雨是个讨人喜欢的孩子，聪明、听话，还写得一手好作文，可就有一个毛病，想象力太丰富，思想不集中，老爱开小差。

说来话长，其实小雨的老毛病可有一阵子了。还是在小雨三年级的时候，老师让同学们每人写一首儿歌，小雨也就试着写了一首，没想到老师认为这是最好的一首，当场表扬了小雨，并把这首儿歌登在墙报的头条上。

这应算是小雨第一次"发表"作品了。从此，小雨的想象力就插上了翅膀，写作成了他最喜欢的事，无论上课、吃饭、走路、睡觉，小雨都爱琢磨写作构思。小雨最喜欢的事是写作文，每次作文、周记，他都认真打草稿，修改后工工整整地抄在作文本和周记本上；每次作文课，老师都要表扬小雨，在全班、全校同学面前读他的作文；每次学校的作业展览，学校的老师和同学都争相看小雨的作文和周记，作业展位前簇满了一堆人。

上初中以后，小雨的作文已经很成熟了，作文更是在全市频频获奖。还经常会在中学生报刊上发表呢，全班同学对小雨都刮目相看，他成了同学中的"文学家"！

　　小时候，小雨是老师手的名牌，是家长眼里的骄傲，可是，随着中考越来越近，爸爸才担心起来，小雨的想象力太丰富了。可是，糟糕的是，他的注意力极差，无论是上课的时候，还是爸爸跟他说话的时候，他总是会走神。

　　爸爸跟他说过好几次，可小雨却理直气壮地说："我不是思想开小差，我是在抓灵感呢，要是错过了灵感，就写不出好作文了。"

　　爸爸没办法，只能摇头，现在要中考了，要是考不上好中学，到时候作文再好也没什么用啊？

　　爸爸想了好多办法，和小雨谈过好几次，小雨也觉得冤枉："不是我不想集中注意力，可我就会不知不觉的想到别的，我也是没办法啊！"

　　"小雨最喜欢听故事，你这样逼着他是没用的，要他自己想办法集中注意力，你不能代替他，只能靠他自己有意识的控制自己才有作用。"妈妈看着也很着急，也帮爸爸想起办法来。

　　"你说的对，小雨最爱听故事，也会深入思考故事的道理，要让他自己明白这个道理。"爸爸听了妈妈的意见，激动地说。

　　正好小雨因为作文获奖，主办方组织了一次旅行活动。爸爸就带着他去了。

　　一路上，小雨可高兴了，跟爸爸问这问那的，看到什么都要问出个所以然来。

　　有一天，他们在一座寺庙参观，庙建在山上，但奇怪的是，庙的后院有一口井，里面的水十分香甜。

小雨问爸爸:"这里山这么高,离地下水位很高,怎么会有井呢?"

爸爸笑着说:"我给你讲一个故事,你就明白了,关键不在山有多高,而是在挖井的人了。从前,有两个和尚住在隔壁,所谓隔壁就是:隔壁那座山。他们分别在相邻的两座山上的庙里,这两座山之间有一条小溪,每天都会在同一时间下山去溪边挑水。久而久之,他们便成为好朋友了。就这样,时间在每天的挑水中,不知不觉已经过了五年。突然有一天,左边这座山的和尚没有下山挑水,右边那座山的和尚心想:'他大概睡过头了。'便不以为然。哪知第二天,左边这座山的和尚还是没有下山挑水,第三天也一样,过了一个星期,还是一样。直到过了一个月,右边那座山的和尚,终于受不了了。他心想:'我的朋友可能生病了,我要过去拜访他,看看能帮上什么忙。'于是他便爬上了左边这座山去探望他的老朋友。等他到达左边这座山的庙,看到他的老友之后,大吃一惊。因为他的老友,正在庙前打太极拳,一点也不像一个月没喝水的人。他好奇地问:'你已经一个月没有下山挑水了,难道你可以不用喝水吗?'左边这座山的和尚说:'来来来,我带你去看。'于是,他带着右边那座山的和尚走到庙的后院,指着一口井说:'这五年来,我每天做完功课后,都会抽空挖这口井。即使有时很忙,能挖多少就算多少。如今,终于让我挖出水,我就不必再下山挑水,我可以有更多时间,练我喜欢的太极拳。'"

　　小雨一副恍然大悟的样子，爸爸见状接着说道："很多事情，只要你集中注意力做，就一定会有收获的，假如那左边山上和尚也总是思想不集中，控制不住自己，那永远就等不到悠闲地做他想做的事情的那一天了。"

　　小雨听了爸爸的话，惭愧地低下了头。

　　问题诊断：**注意是心灵的窗口**

　　假若在房间里有一台座钟或挂钟，你是通常听不到嘀答声的，这种声调的声音往往在你的注意之外。但可以试一试，在读书的时候把一台座钟放在身边，你便会随时听到钟的滴答声，这时，只会产生两个结果，要么停止读书去听钟的声音或沉湎于读书，这便是人的注意力。注意力是指人的大脑通过感

心态好 成绩高

觉器官对客观事物的集中和选择的能力，是顺利获得知识的必要前提，也是进行其他职能活动的前提。

有人说道："注意力是心灵的窗口。"这生动地说明了注意力在智力结构中的地位和作用。注意力包括警觉性和选择性。警觉性就是人在清醒的条件下，意识总是保持一定的警戒状态。例如在上课时假若你是全神贯注的，那么就说注意力高度集中，一旦老师喊你回答问题，你一定会在大脑中产生迅速的反应，这就是注意力的警觉性，时刻准备应付发生的任何变化，也即只要事物一旦发生某种新异的或与人的生活经验密切相关的变化，人即会给予注意。

所谓选择性，指人在有意识的警戒状态下，随时随地都有各种各样的信息作用于他，究竟是接受哪些信息，就全以意识的选择性为转移。

注意力的集中与保持是学生有效学习的基本条件。实践证明，注意力高度集中的同学，成绩优异；注意力较集中者，即时而专心听，时而做小动作，成绩良好；注意力不集中者，成绩则较差。

心理学家莫雷认为注意力包括心理集中、警觉、选择性的注意、搜索、启动、定势、综合式分析等。这些活动都是表示人在主动地、努力地完成某一任务。注意还与所做的事情是否为自己的需要和兴趣所在有关，对于自己感兴趣的事情，人们一般都能投入大量的注意力，反之，则不去注意，外界的感觉和危险的信号也具有一种引起人们注意的作用。

 应对措施：发展注意力

考试其实是一个注意力高度集中的过程，注意力的强弱不但影响到学习的效果，也会影响到考试的结果。注意力的培养并不是一朝一夕就能完成，以下方法可以在学习中尝试练习。

❶ 利用趣味性事物激发学习兴趣，让自己乐听乐学，多给自己一些表扬

心理学家发现，对于一些较差的学生来说，注意力保持时间一般比较短，经常会东摸西摸。虽然眼睛盯着老师，装出一副认真听讲的样子，而实际上他的注意力全然不在教师讲课的内容上，却指向与教学无关的其它事物。要及时给予一些激励来提醒自己。

❷ 清除学习疲劳，促进注意力的发展

是否能引起和维护自己的注意力，与学生的学习是否疲劳有关。学习疲劳有两层含义：一种是指生理上的疲劳，如过多的作业，造成不堪负担，生理功能下降，注意力难于保持；另一种是心理上的疲劳，如对学习的厌倦。应把握好学习的节奏，减少疲劳，促进注意力的发展。

❸ 养成良好的行为习惯，有利于注意力的发展

培养良好的生活习惯，培养自觉纪律，对于发展注意力是很重要的。

全脑风暴

好累呀！那一大堆的练习题好像怎么写都写不完呀。时间过得好慢呀！星星无力的眨着眼睛，空气似乎凝固了。漫长的黑夜像死一般的沉寂。

疲劳像浪潮一样冲击着我的心灵，眼皮好像要塌下来。我几乎是闭着眼睛写的。不，不要，还有作业没做完……坚持，加油！

咚！笔掉了。我缓慢地拿起笔，无力地写着。台灯一闪一闪发着刺眼的光，像一个审判官监视着我。卧室的床正在向我挥手，我的身体不听指挥，我的手在颤动，我的灵魂好像脱离了肉体。我的心在颤抖，我不行了，我的作业怎么办？

想想以前，不做作业就是罚站，补做。可是现在呢，马上要考试了，不做习题就是家访，批评。想想后，我又快速地写着。

我尽力了，我终于输了。我被疲劳吞噬，一头栽倒在书桌上便睡着了。我想：没做完算了，管它呢！

我已经一点知觉都没有了，在寂静的黑夜中依然点着一盏小小的灯……可怕的明天正在降临。

昨天还从报纸上看到，一个学弟因学得艰苦，却久不见

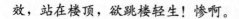

效，站在楼顶，欲跳楼轻生！惨啊。

总算有个好消息了，妈妈说表姐过两天要来我家。小时候，我就最跟表姐亲了，她现在在一所重点大学读心理学的研究生，也是我的情感垃圾筒（哭诉对象），呵呵。

"为什么学习就得痛苦，头悬梁，锥刺骨，却没有很好的效果啊？"没等表姐坐稳，我就将自己的烦恼一下子全抛给了她。

"亲爱的小板凳，不是学习苦，是你不会学习，你呀，是用一根筋学习呢，不累才怪呢！"表姐很得意地说。

"怎么叫一根筋学习，学习不都是那样吗？听课—做习题—考试？"

"我给你讲个故事吧，咱俩研究研究你就明白了。"表姐喝口水，终于打开了她的故事魔盒了，"在同一个地方，有两个报童在卖同一份报纸，两个人是竞争对手。第一个报童很勤奋，每天沿街叫卖，嗓门也响亮，可每天卖出的报纸并不很多，而且还有减少的趋势。第二个报童却不一样，除了沿街叫卖外，他还每天坚持去一些固定场合，去后就给大家分发报纸，过一会儿再来收钱。随着地方越跑越熟，卖出的报纸也就越来越多。

渐渐地，第二个报童的报纸卖得更多，第一个报童能卖出去的就越少了，不得不另谋生路。你知道是为什么吗？"

"送出去再收钱，不怕人家不给钱啊，这样也能把报纸卖好？"我有点蒙了。

"还是我告诉你吧，说你是一根筋，你还不信，就是懒得动脑子。"可恶的表姐总是像个小巫婆一样，喜欢动不动就教训人。

"首先，在一个固定地区，对同一报纸，读者客户是有限的。买了我的，就不会买他的，我先将报纸发出去，这些拿到报纸的人是肯定不会再去买别人的报纸。等于我先占领了市场，我发得越多，他的市场就越小。这对竞争对手的利润和信心都构成打击。

其次，报纸这东西不像别的东西，买起来随机性很大，也一般不会因质量问题而退货。而且钱数不多，大家也不会不给钱。今天没零钱，明天也会一块儿给，文化人嘛，不会为难小孩子。

最后，即使有些人看了报，退报不给钱，也没什么关系，就算会积压些报纸，但他已经看了报，肯定不会再买同一份报纸，还是自己的潜在客户，这样不就把你的对手逼退了吗?"

"哦，我明白了，卖个报纸还要这么多心计啊?"

"学习也一样，死学就是再累也学不好，要动脑子，把你的思维、想象能力全都开发出来，只有会学习的人，才不会头悬梁、锥刺骨呢!"

"好表姐，赶紧教我些方法吧，怎么全面开动脑筋?"我迫不及待地问起表姐。

"具体方法是你要自己总结，最主要的是你要学会在学习中学会举一反三，加强理解，把记忆和推理结合起来，多总结，多联想，你的思维才会开阔啊!"

有道理，这个心理小巫婆就是不一样啊，呵呵，看来以后还是要多和表姐请教才是。

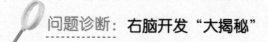 问题诊断：**右脑开发"大揭秘"**

人类脑科学的研究成果已经告诉我们，大脑分为左右两个半球，左脑具有逻辑思维功能，右脑具有非逻辑思维功能，能够产生直观、想象思维，还能产生灵感与顿悟。左脑被称为"语言脑"，右脑被称为"音乐脑"。

所谓全脑学习，就是应用学习方法能够充分调动左右脑细胞多元智能参与活动的演练方法，使人能够均衡地发挥大脑潜能，活化右脑细胞，最大限度地提高学习和工作效能。

通过右脑开发全脑应用学习训练，使右脑接受大量连续既陌生又熟悉的生理、思维刺激，不仅可开发相当一部分右脑潜能，促使大脑神经元发达，扩大脑容量，进而更有助于左脑的良性发育。

天才都是会运用右脑的人，有名的大学问家、发明家小时候往往是乡邻口中的"神童"，他们通常都能"过目不忘"。正是因为小时候无意识中激发了超凡的右脑细胞，使这些"神童"成为有卓越成就的人。他们不需要在记忆、学习上花费大把大把的精力，从而有更多的时间利用右脑的非逻辑思维进行发明创造和开拓性的活动。

心态好 成绩高

 应对措施：**如何开发右脑**

全脑学习可以创造条件让学生唤醒沉睡的右脑，学会过目不忘的记忆方法，培养专注力，左右脑并用，学习方法科学化，学得轻松，考出高分。

❶ 刺激指尖法

开发右脑，国外学者主张从儿童做起，如前苏联著名教育家苏霍姆林斯基说："儿童的智力发展表现在手指尖上。"他将双手比喻为大脑的"老师"。人体的每一块肌肉在大脑层中都有着相应的"代表区"——神经中枢，其中手指运动中枢在大脑皮层中所占的区域最广泛。练习一些指尖运动，随着双手的准确运动就会把大脑皮层中相应的活力激发出来，尤其是左右手并弹的钢琴、电子琴。

❷ 借助外语开发右脑

美国神经外科近年发现：当你只学会一种语言时，仅需大脑左半球，如果培养同时学习几种语言，就会"启用"大脑右半球。

❸ 体育活动法

如每天跳上半小时的迪斯科健身操、打乒乓球、羽毛球等；在打拳或做操时有意识地让左手、右手多重复几个动作，以刺激右脑。右脑在运动中随之而来的鲜明形象和细胞激发比静止时来得快，由于右脑的活动，左半球的活动受到某种抑制，人的思想或多或少地摆脱了现成的逻辑思维方法，灵感经常会脱颖而出。

❹ 借助音乐的力量

心理学家发现：音乐可以开发右脑。所以应该多听听音乐。还可以在学习时，创造一个音乐背景。音乐由右脑感知，左脑并不因此受到影响，仍可独立工作，使你在不知不觉中得到了右脑的锻炼。

考试小魔法：考试前一天干什么？

为了帮助考生调整心态，第二天能够较好地进入考试状态，考前一天可以这样度过：

❶ 早上 6：00～6：30 起床

不要起得过早，也不要起得过晚，像平时一样在 6：00～6：30 起床，这样有助于大家保持平常心态。

❷ 9：00 开始做试卷

随便做套试卷，热热身。不要全部做完，做 1 小时就可以了，只使思路通畅，做好充分的心理准备，适应明天的考试。做试卷时不要做太难的题、偏题，否则容易影响情绪，影响信心。

❸ 午睡半小时

建议从中午 13：00～13：30 午睡半小时。

④ 下午 15：00 时开始做试卷

这样有助于下午进入考场时以平常心态来做题，很快地进入考试状态。

⑤ 晚上 10：00 或者 11：00 睡觉

过早睡影响情绪，过晚睡也不利于入睡。不管睡着睡不着都要以心平气和、顺其自然的心态去对待睡眠问题。即使少睡几个小时，对于青年人来说影响很小，而睡觉没睡好，产生了消极情绪，则对考试的影响却很大。

⑥ 按时就餐

早上早餐、中午中餐、晚上晚餐要和平常时间一样。吃的东西也和平时一样为好，一定要注意饮食安全，尽量少吃冷饮。

⑦ 适当运动

除了做做题之外可适当运动，散散步，这样有助于稳定心情。不宜做剧烈活动，如爬山。剧烈的活动容易使体力消耗过大，产生疲劳感。

⑧ 适当娱乐

可以适当地做一些娱乐活动，但时间不宜过长。比如，上网时间不宜过长，看电视时间不宜过长，玩游戏时间也不宜过长。这些活动应适可而止，时间过长大脑皮层容易产生游戏的优势兴奋灶，对第二天高考的充分发挥可能产生不良影响。

9 **做好考前的物质准备**

考生要充分做好考前的物质准备，以免因准备不全而引起情绪波动影响了考试。要把准考证和考试用具准备好，最好放在透明的塑料袋里。

第六节 火柴和椅子

娜娜是个电视迷，尤其对韩剧，迷得是一塌糊涂。

每次吃完晚饭，总是习惯性地坐在客厅的沙发上看电视，不愿挪动，妈妈让她到自己的房间里做作业，要费很大力气。

眼看已经快到高三了，娜娜对韩剧的痴心依然不改。最近一段时间，电视剧频道在演韩剧《可爱的你》，每次都是晚上10点才开演，可娜娜却坚持要等到看完才去睡觉。

有一天，爸爸正在看体育赛事直播，娜娜看的韩剧开始了，就和爸爸争起了遥控器，两人越争越凶，爸爸甚至发怒了，直接拔掉了电源的开关。

正巧，就在爸爸关掉电视不久，家里停电了，两个人都沉默了下来。

不知坐了多久，屋里一片漆黑。娜娜觉得有点冷，想点支蜡烛，于是，在黑暗中四处寻找，意外地找到一盒火柴，是满满一盒！随手拿出一根，哧！它燃起来了，眼前出现了一道美丽的小光，这光柔和温暖，让人不再感觉黑暗的孤独。娜娜不经意地抬起头，四周仍是一片黑暗，此时，她突然体会到了"卖火柴的小女孩"点燃火柴时的那种美好幸福的幻想。很快，火柴燃烬了！第二根、第三根……每根都那么光明美好，却又转瞬即逝。盒子里的火柴越来越少，一直没来电，娜娜对电视的希望一点一点转为失望。

只剩最后三根火柴了，还有一支是半根。娜娜忽然意识到自己为什么会陷入这种窘迫的境地，感觉这么无能为力！如果有一支蜡烛或一只火把能延续这火柴划亮的小小光明，让这幸福的感觉延长，那该多好啊！

一直坐着没有说话的爸爸突然开口了："其实，每个人都有一盒火柴，像生命一样与生俱来，每点燃一根火柴，都是一次充满信心和希望的开始。但它只代表开始，需要用行动和意志去延续，就像火柴可以点燃火把一样，用得好也许会成为接力的火把，点燃圣火，使一生充满光明和希望；相反，也许会用来放火伤人。最悲哀地莫过于像你一样的人，一次次点亮火柴，却不能使它延续，当盒子里的火柴越来越少时，自信和希望也越来越少，却浑然不觉。"

爸爸的话让娜娜有些无所适从，她将手中的那半根火柴在黑暗中划亮，突然觉得它比第一根更明亮、更灿烂。在它即将燃尽时，来电了。在亮灯的一刹那，却没有划亮火柴时的那种光明、温暖、充满希望的感觉。

爸爸说道："你知道吗？学习是需要意志力的，你每一次半途而废，都会磨灭一份自信和希望，将来，你也必将被淘汰。承认自己的缺点，不要再迷惘下去了。"

第二天，爸爸为娜娜买来一把舒服的电脑椅。然后告诉娜娜："从今天开始，你一坐上这把椅子，心里就要暗示你该认真学习了。每天吃完饭，你必须让自己坐上这把椅子。"

开始的两天，把娜娜从客厅的沙发上弄到卧室的椅子上，还颇有点费劲，但很快，娜娜就对那把椅子适应了，晚上，坐在那把椅子上的时间越来越长。

现在，娜娜开始习惯坐在那把她的椅子上，预习功课，做更多的练习题，听英语磁带，看课外书。

一盒火柴和一把椅子改变了娜娜，让这个韩剧迷有了控制自己的意志。

问题诊断：发展情绪、意志品质

人的意志品质从具体来说可分为自觉性、果断性、坚持性和自制力四个方面。培养考生的毅力也可从这四个方面加以

考虑。

❶ 自觉性的培养

要有明确的目标，在学习中培养成就感，从而把实现目标变成自觉性的行为。

❷ 果断性的培养

在平时，要强调对问题的全面考虑，当机立断，决不优柔寡断、草率从事，使自己逐步形成有独立见解、办事果断的习惯。

❸ 坚持性的培养

决心大而行动小，有信心而没有恒心，这是很多人的通病，要通过对自己恒心的培养，使自己逐步养成具有坚定意志、顽强毅力的人。

❹ 自制力的培养

自制力是随年龄的增长逐步完善，但自制力的培养必须能吃得起苦。要使自己能心甘情愿地为学习而吃苦，只有用成功心理去激发，告诉自己现在书上你们所学到的每一点知识，都是很多人不知吃了多少苦，花了多少时间才得出的结论。

没有任何事物能取代毅力，能力、天赋、教育都比不上毅力，坚持到底，你就会成功。一个人在独立地制定自己的奋斗目标后，若不能坚定自己必胜的信念，克服困难险阻，也只能半途而废，空有满腔热情。

世界著名的麦当劳连锁店的创办人雷·克洛克的两个座右铭包含了他对生活的理解。第一个座右铭是：只要你还很嫩绿，你就会继续成长；一等到你成熟了你就开始腐烂。第二个座右铭是：坚持到底。

坚持到底，简短的四个字揭示了成功的秘诀。我们生活中不乏聪明之辈，却少有成功者的辉煌。坚持到底，只有这样才可能有所成就。

 ### 应对措施：培养意志力的十大方法

很多人都佩服疯狂英语的创始人李阳的意志力，他要告诉我们：意志力是可以培养的！而且要终生培养！

这里，我们和大家分享一下李阳培养意志力的十种方法。

第一，每天都要让自己做一件自己不愿意做的事。只有先做自己不愿意做的事，才有资格做自己愿意做的事。这是我教育我孩子最重要的一个原则。你吃完饭以后就想去看电视，但不行！你先把碗洗了才有资格去看电视！

第二，把每一件小事做好，做完美！只有这样的人才可能把大事做好，做完美！比如说：扫地就要把桌子底下、窗底下也打扫得干干净净！

第三，刷牙一定要刷够三分钟！小时候换了牙之后，牙一生只有一副！中国人的牙齿健康是全世界倒数的。牙齿的疾病会导致全身的疾病！

第四，每天要坚持读一篇难文章！读难文章不仅对智商有很大的提高，对情商也有巨大的提升！如果中学生能做到这一点，他的英语高考成绩一定可以突破 140 分。

第五，每天坚持爬 100 级楼梯。你一定会心情好、精神爽、身体棒！马上去行动吧！

第六，美国人饭前祈祷，那我们就要饭前、饭后快速读一篇文章，可以是中文，也可以是英文！因为饥饿、因为别人都在看着你，所以你的阅读速度会非常快！用不了一年的时间，你吸收知识的速度会远远超过别人！

第七，每天坚持用冷热水交替洗澡！你会发现自己的梦想会更远大、精神会更集中、能量会更强大！

第八，每天坚持向十个人以上微笑和表扬！微笑和赞扬才是全世界最有威力的武器！功夫大师李连杰都认为微笑比他一身的武艺更强大！

第九，每天坚持做一件不求回报的善事！如果你能坚持日行一善，那你的意志会有巨大的提升！

第十，自我肯定也非常重要。要经常对自己说：我是一个有意志力的人！我能圆满地完成自己每天的任务，获得应有的成长。我能控制我的情绪和欲望，让它们朝着积极的方向发展！

 灰色心理

"窗外的风拉着长音吼叫，像传说中可怕的狼嚎。

我的心焦虑不安，仿佛有一块巨石压在心上，感觉有些隐隐的疼。侧卧在床上，毫无睡意。

我感觉全身发热，心里特别的烦躁，就这样静静地躺着，窗外的风也丝毫没有一点歇息的意思。

早上，还是要在夜色里走出家门，天地间混沌沌一片，漫天黄土。冷风裹着黄土夹着细沙，肆无忌惮的袭向我瘦弱的身躯。不管你心中如何的厌烦，它仍厚着脸皮劈头盖脸的扑上你的脸庞，吹乱你的发，迷了你的眼。就这样茫然而又无奈地走在路上，本来很短的小路今天变得格外格外的长。树木鲜花的艳丽无心再赏，小鸟燕子去了哪里无暇顾及，就连平日和蔼的太阳此刻也变得吝啬起来，不肯将一丝温暖的阳光照耀我单薄的身上。"

这是南南留在 QQ 空间日记里的一段话，考试的压力越来越大，不知怎么了，什么事都不顺，心情也就到了最谷底了。

夜已经很深了，还是不能入睡的南南再次打开电脑，她忽然在自己的日记下面发现了一个叫"学习是美丽的"的人写下的留言：

对于大多数人来说，学习，就是为了考上大学，所以，它是我们人生的一部分。也许有很多人不喜欢学习，忍受不了学习中的痛苦。但是，别只顾看着那些烦恼，换个角度看吧。

听到我这样说，也许你会觉得矫情，甚至是一种幼稚的浪漫。我知道，这个世界上有很多人不喜欢学习，他们喜欢打游戏、聊天、高谈阔论，然后再对别人品头论足。

心情是一种不太容易捉摸的东西，所以才不容易控制。但是灰色的心情很容易影响我们的生活质量，不想学习的人尽管可以去玩，但对于我们，却只能是不停地努力着创造自己的明天。

看到留言，南南觉得有些可笑，说这话的人，一定是一个故作成熟的小屁孩吧！

南南发现"学习是美丽的"正好在线，就加了他，在附言里写了句"光说不练嘴把式"。

"学习是美丽的"很快加了南南，他一上来就说："先让我来猜猜你为什么有这样的心情吧，你肯定是犯什么错误了？"

"你怎么猜到的？"南南有些好奇，说实在的，这段时间，一方面是考试的压力真的很大，最主要的是，一直英语很好的她在上周的模拟考试中犯了个大错，把作文写偏了，结果不但成绩滑到了后面，还遭到不少老师和同学的白眼。

"学习是美丽的"接着说："学习的确很容易出错，任何事一旦具体做起来就很容易出纰漏。如果天天在家里躺着，自然不会犯什么错，但是那样也就只能是一事无成。实际上，就算出错了，但还是说明你努力了，有着让事情变好的希望；而被别人批评或者由于其他事情而影响了我们的这种努力，也许并不值得。

在这个世界上，一个完美的、不犯错误的人几乎是不存在的。而我们这样一群埋头学习的人，或许会感受到更多的压力和抑郁吧。但不管怎样，学会正确对待自己的人生，是我们要经历的必修课。既然不可回避，那就勇敢地迎上去，努力让它变好，成为生命中美丽的部分。"

"学习是美丽的"离开了，南南开始想，这个神秘的人绝不是淘气的学弟，也许是老师，也有可能是爸爸或者爷爷吧。

不用猜了，管他是谁呢，总之他说的确实很有道理。

"学习是美丽的"给南南出了个主意，郁闷的时候，就去爬楼梯吧，爬一百级台阶，什么都能抛开的。

南南听了他的话，这招还真有效，果然，当南南气喘吁吁地来到楼顶的时候，心中也自然升腾出一种激动和愉快了。

让灰色的日子见鬼去吧！从此，南南的生活中多了一个叫"学习是美丽的"神秘人，也多了一份快乐的心情。

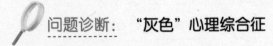 问题诊断： "灰色" 心理综合征

美加加州大学的郝伯格教授研究发现，当人在外界压力很大时，在性格和心理上会发生变化，会感到焦躁不安，郁郁寡

欢。郝伯格教授把这种病征称为"灰色"心理综合征。

对于考生来说，长期处在白热化的竞争气氛中，会使人心理过度紧张、苦闷和失望，致使情绪跌宕。当不堪忍受这种超负荷的精神压力时，自己往往就不能把握自己而失去自控力。

通常情况下，引发灰色心理的情况如下。

① 疾病打击

疾病最容易使人思想消沉，有的还会失去生活的信心。疾病的压力来自于失去健康身体的忧患，失去康复信心。

② 欲望过高

对考试的成绩或者结果存过高期望，那就是贪心，使你轻松的大脑神经长期紧张，正常的心脑运动加快，产生一种与正常生理机能不协调的节拍，就会伤脑、伤心神、伤身体。

心态好 成绩高

紧张的复习中，要学会调适自己的情绪，为自己的心理减压。如果你被紧张的学习压得喘不过气来，最好立即把学习放一下，放慢一点，可能你做得更好。合理地安排作息时间，使生活、学习都能有规律地进行。

要保证充足的睡眠，不要冒犯自然规律，否则必遭自然法则的报复。正确地评价自己，永远保持一颗平常心，不要与自己过不去，把目标定得高不可攀，随时调整目标未必是弱者的行为。

另外，学习之外的活动绝不能禁止，生活情趣往往让人心情舒畅，绘画、书法、下棋、运动、娱乐等能给人增添许多生活乐趣，调节生活节奏，从单调紧张的氛围中摆脱出来，走向欢快和轻松。

 应对措施：**快乐的 18 个技巧**

① 要有目标和追求

明白自己的路到底要走向何方，更要明白自己的能力强项到底在哪个领域，然后往既定的目标前进并决不轻易放弃。

② 经常保持微笑

灿烂的笑容会令人感觉你和善可亲，无形之中增加了许多自身的感染力。

③ 学会和别人一块分享喜悦

学会与他们分享愉悦，这样你的快乐就会以 n 次方的速度向你的周围传播，让更多的人与你欢笑，这样你的心里就充满了阳光。

④ 乐于助人

助人为快乐之本。在自己力所能及的情况下，尽最大努力去帮助那些在困难中的人们。

⑤ 保持自己的一颗童心

一个人只要保持一颗童心，就能永葆青春活力。一个人童心不老，他就会浑身充满朝气，生活充满快乐，就会有一个永远年轻的精神世界。

⑥ 学会和各种人愉快地相处

要善于与他人相处，乐于与人交往，乐于接纳别人，才能拥有和谐的人际关系。

⑦ 保持幽默感

幽默能自信、能修身；幽默会使我们脚下的路越走越活。

⑧ 要能处乱不惊

要学会处变不惊，处乱不惊，处不利不惊，这叫临危不乱！

⑨ 学会宽恕他人

没有人能保证一辈子都不犯错，所以，要学会宽恕他人，因为那就是学会善待自己。

⑩ 有几个知心朋友

当遇到不愉快的事时，不要自己生闷气，不要把不良心境压抑在内心，而应当学会倾诉。

⑪ 常和别人保持合作

要善于寻找与别人的情感契合点，自己才能享受默契的快乐。

⑫ 享受你的天伦之乐

要学会与自己的亲人和睦相处。

⑬ 保持高度的自信心

要勇于肯定自己，不自轻自弃。自信往往源自对自身的充分认识与肯定。

⑭ 尊重弱者

要学会用不同的角度看待弱者，尊重弱者，这样你就会从中获得快乐！

⑮ 偶尔放纵自己一下

放纵需要压抑，一个人越压抑，就越想放纵！

⑯ 有空来写日记

最好是网络日记，可以任意发泄。

⑰ 有空到户外走走

⑱ 不要期望过高，知足者常乐

考试小魔法：几种助眠的小活动

考前保证充足的睡眠，既不熬夜，也不过早上床，不要让

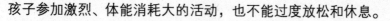

孩子参加激烈、体能消耗大的活动，也不能过度放松和休息。

摆动法：自由站立，全身放松，双手在体前有节律地上下摆动，或双腿带动身体进行有节律地抖动，10分钟左右。

自我按摩法：和做眼保健操一样用手指推眼眶周围，后揉太阳穴还有眉心等各2分钟，然后揉按风池穴（颈椎两侧的下陷处）3分钟。

深呼吸法：睡觉前数自己呼吸的次数，同时做深长的呼吸，呼气时尽量呼尽，吸气时尽量吸足，吸气时想象气吸入腹部，吸气呼气都要缓。一般36次左右。

 走出来和走进去

　　新新和宁宁是一对双胞胎，眼看两个人到了初三的紧张阶段，平时说话也少了，更是很难见到笑容了，这不，在外地工作的爸爸听了妈妈的汇报，马上写一封"鸡毛信"，托妈妈悄悄挂在新新和宁宁的门口。

亲爱的新新和宁宁：

　　你们进入了初三这个紧张的学习阶段，开始迈开人生的第一步了。

　　你们都是老师眼里的好学生，家人眼里的好孩子，虽然爸爸在这个你们最重要的阶段不能陪在你们身边，但是，你们要知道，爸爸一直在关注着你们，爸爸的心和你们永远在一起。

　　先来说说学习吧！中学有三个重要的部分，第一是初三复习中考，第二是高一高二学习期间，第三是高考准备阶段。这三个部分我统称为中学阶段，我认为的关键时段。之所以称现在是迈开人生的第一步，是因为初三准备中考的这个时期，是为之前所有的学习汇报的时期，为之前的辛勤劳动而结出果实的阶段，就像种庄稼，到了明年的四五月份，就是谷穗渐渐饱满的时候了。现在你们也一定像我当年那样到处去补课，双休日都没休息过，那段日子是人生头一次全负荷运转的时候，每天早上 6 点多就起床，一直到每天晚上吃完饭要学习到 11 点多，这样的日子大概坚持了几个月，因为之前没有很努力去学，基础不很扎实，曾经因为背不下来《出师表》而被语文老师罚，不准回家吃午饭，也曾经补课的时候在桌子上睡着了；看见没有，平时不努力，最后冲刺就要付出比别人多很多的努力。

这个时期的常见的"症状"是考前心理负担过重，所以要适度的放松和发泄。不知道你们有没有自己习惯的发泄方式，我记得我初三和高中的时候喜欢在草稿纸上画眼睛，喜欢在思考问题的时候转笔，喜欢在学习之余拆笔，再组装成新的笔（多数情况下都不如原装的好用）。当然适度的放松是好的，过了就惨了，我就曾经因为控制不了画眼睛和转笔的习惯性动作而必须要靠锻炼自控力来努力让自己不要去画、不要去转，其实就是传说中的"走火入魔"了，呵呵，你们可不要让自己的任何习惯走火入魔了，好的习惯过了火，也就成了祸害了。

说到放松的方式我还是比较赞同用体育锻炼的方式。哪怕是最简单的跑步，因为在锻炼身体的同时既休息了大脑也调节了紧张的神经，所以直到现在，我还会每天少坐几站公交车而走路或是跑步，然后再爬 12 层的楼梯来放松自己。

还有就是不知道你们对待考试的态度是否正确，目前的考试多是针对近期学习内容的考核（整体性的考核应该是：下个学期会每个月都有），所以现在的考试如果对命题重点把握不准，就会导致成绩忽高忽低。我想说的是，要坦然面对考试和考试的结果，虽然考试是短期学习的动力，临阵磨枪，不亮也光，但这些小考试的目的不是测验你的水平，而是为你查缺补漏。目前，首要的任务是充实自己，复习巩固知识点，对于考试还是要以平常心去对待，哪里跌倒了，再从哪里爬起来，错了题不怕，就怕错了又不改，所以要准备一个整理错题的笔记本，养成改错题的习惯，并且要找到错的原因，是一个知识点没弄懂，还是整个知识面都没掌握，找到了问题就好解决了，要积极补好这个漏洞。

除了课内知识的学习，其它知识也要多涉及，比如说多读读论语什么的，学习历史，这些都是宝贵的财富，等你们到了我这个年纪就会深有体会，我现在就深感知识的匮乏，没文化真可怕！现在学什么都很辛苦，错过了最佳时期了。

总之，在学习上，要安排好短期学习计划和内容，有的放矢，同时摆正对待考试的心态，让小考为大考服务，为更好地掌握知识服务，考试之前是拉动力，考试之后是推动力，是你们学习的双动力。

有一首诗送给你们，希望你们能互相激励。

你是我的对手，但你不是我的敌人

你的努力使我奋起

你的决心坚定了我的信念

超越的欲望与被超越的恐惧使我加快了步伐

你的失败并不带给你屈辱

只带来我对你的尊敬

因为你，我才有成功。

永远爱你们的爸爸

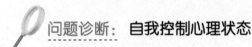

问题诊断：**自我控制心理状态**

❶ 平衡心理

保持心理平衡的方式多种多样。例如，攻击就是通过情绪的宣泄来求得心理平衡的一种方式。许多人在受挫或生气时，会用大喊大叫甚至动手打人来解心头之气，以便紧张情绪得以松弛。但考场上是不容许这样的行为的，所以要学会保持心理平衡的方式——内化。把情绪转化为内心深处的一种强烈的情感。把情绪宣泄的能量积蓄起来，然后让它逐步释放，成为一种内心深处的力量源泉。

❷ 激励自己

一个充满活力和热情的人，考试成功的概率往往比较大。这说明，情绪也具有激励功能。也就是说，适度的情绪放松不仅不会降低反而有利于提高学习效率。养成豁达开朗的情绪，处于兴奋状态，从而产生一种激励自己的力量。

❸ 信息交流

在许多情况下，积极和同学进行考试信息交流是很重要的。特别是对许多敏感问题，会为你营造健康积极的情绪起到重要作用。

 应对措施：考试前该做什么？

❶ 明确考点，实地察看

首先，通过实地察看能让自己熟悉到达考场的相关路线，不至于走错；其次，通过对考场的实地察看，可以让自己提早熟悉考场环境，在一定程度上能减轻临考前的精神压力。实地察看之后要根据自己居住地到考场的距离来决定交通方式，一定要把握好时间。

② 检查证件，备齐工具

考试需要的相关证件一定要提前检查、准备好，以免考试时忘带。临考前还要提早准备好考试工具。在这里要特别提醒考生：千万不要携带涂改液、胶带纸进考场，否则会被视为违纪，取消该科目成绩。

③ 科学记忆，紧抓题型

临考前，重中之重就是强化记忆重要知识点。在这段时间，大家应该在复习的基础上查漏补缺，对照大纲自己总结一个提纲，可以采用画图表的方法形成一个适合自己记忆的知识网络，明确还有哪些知识点没掌握好，利用临考前的这段时间把欠缺的地方补上来。在理解的基础上记忆，切忌死记硬背。

④ 合理作息，科学膳食

临考前，考生一定要保证充足的睡眠时间。如果你是习惯熬夜的考生，此时要将自己的生物钟调整过来。按照考试时间，调节身体生理上的兴奋点，使其与考试时间同步，从而保持最佳的精神状态。在这段时间，脑力和体力的消耗往往是很大的，所以考生更要科学膳食，补充营养。每日可多吃点蔬菜、水果，补充维生素 C、维生素 B_1 等，这样可以增强抵抗力，减轻复习疲劳。

⑤ 放平心态，莫要放弃

临近考试，考生一般都很紧张。心理学表明，适度紧张有利于大脑保持最佳状态，但是不要紧张过度，以免造成考场发

挥失常。您可以适度的深呼吸或到室外运动运动等。"努力不一定成功，放弃则肯定失败"。所以，无论如何，一定要坚持考完。

 驯服电话铃声

周六的下午，我在家复习，这次考试对我来说太重要了。正在我全神贯注的时候，突然，电话铃声响了起来，也许是家里太过安静，觉得电话铃声格外的响。"喂——是张经理吗——我们的工资什么时候给啊——"电话里是一个断断续续的男人的声音，说话也含糊不清。"对不起，你打错了！"我快速放下电话，嘿嘿，不知是哪个黑心的包工头，把我家的电话留给了工人。

过了一会，电话再次响起来，还是那个男人。我耐心地解释说这是我家的电话，请他不要再打了，可刚放下电话，那人又打了过来。我终于无法克制自己的怒火，狠狠地说了句：你再打我就报警。然而，执著的工人大哥还是再次打来了电话，我无奈了，索性拔了电话线。晚上，妈妈刚进门，我刚要给她说电话的事，她就先质问我为什么电话一直打不通。当晚，我们俩又是一场冷战。

第二天，我跟老师说了这件事，老师告诉我：第一，先努力让自己平静下来；第二，要包容，心静了自然就不感觉电话铃声吵了；第三，尝试着从中找出积极的，有益于自己的信息。

回家后，我静静地想了想，重新接上了电话线。果然，电话很快又响了起来，还是那个男人的声音，我没有再生气，平静地解释一遍后放下了电话。然后，我用心投入到复习中。电话还在不断地响起，但我好像明显感觉到次数少了。后来，我想，这电话铃声就是给我加油呢，听到电话响的时候，我就给自己鼓劲，果然，电话铃听起来悦耳多了。

后来，我又把这个经验用在其他事上，生活也逐渐变得明媚起来。

问题诊断：克服各种困难和应付突然产生的障碍

正常人都处于身心平衡状态，也就是他们的日常生活是思维、意志、情感和生理需要处于某种程度的和谐状态。在不适当的应激发生时，人的平衡状态可能受到影响，可能出现情感和思维失控，以致经历一种极端的情感紊乱。这时人就处于危机期。

考试前难免会经历一些危机，诸如生病、骚扰、家庭变故等，危机的特点。通常是突然产生，用正常的应付方法失败，而出现的紧张、焦虑、害怕、害羞、无助感等不良情绪。多数危机的持续时间短暂，但是它们使心理易感性增加，导致潜在危险，甚至引发自我失败暗示。

 应对措施：欣赏的态度

　　有这样一则寓言，说有一位青年人来到绿洲，碰到一位老先生，年轻人便问："这里如何？"老人家反问说："你的家乡如何？"年轻人回答："糟透了！我很讨厌。"老人家接着说："那你快走吧，这里同你的家乡一样糟。"后来又来了一位青年问同样的问题，老人也同样反问，年轻人回答说："我的家乡很好，我很想念家乡的人、花、事物……"老人家便说："这里也是同样的好。"旁听者觉得诧异，问老家为何前后说法不一致呢？

　　老者说："你要寻找什么，就会找到什么！"

当你以欣赏的态度去看一件事，你便会看到许多优点；以批评的态度，你便会看到无数的缺点。同样，当我们用客观和宽容的态度接受我们身边的环境时，我们就会觉得环境十分好，如果我们带有色的眼镜去看待环境，环境就会变成我们所想象的样子，随着我们的情绪而变化。很多时候，困扰我们的并不是周围的环境，而是我们自己的心情。一个人想要改变环境是很难的，唯一能快速改变的是自己的心情，所以，当你觉得目前的环境快要待不下去的时候，最好试着改变一下自己的心情，调整一下心态，接受现实环境，这样你才能活得快乐。

你以什么样的态度对待生活，生活就以什么样的态度来回报你。同样，我们以什么样的态度对待别人，别人也会以同样的态度来对待我们。任何事物都是互相影响、互相依赖的。人的心态很大程度上决定了他对周围事物的看法。当我们在面对新环境的时候，一定要勇于接受，并善于改变环境，这样，现实才能变成我们所希望看到的样子。

考试小魔法：**静息调节法**

复习越是紧张，越要注意身体状况的调整。在临场前要求考生要进入相对的静息状态。这是因为，应试是场艰苦的劳动，需要消耗大量的精力，可以说是一个纯粹的消耗过程。运动量过大，不但消耗太快，而且运动过后短期超量恢复，会加快考生的生理节奏，影响考生的智力活动。但是，这也并不是说考生都应蒙头大睡。科学作法是尽量减少运动量和情绪波动，或半躺、或静坐、或找一僻静之处散步。总之，使自己的机体处于一种宁静、和谐的状态。利用这个静息阶段，全面回忆一下自己所学的知识的基本结构，发现有不能重现的地方，找到有关的教材和资料看看，然后要继续思考。经验证明：采取这种静思的方式，较之体育锻炼、完全休息或临阵磨枪都更有利于提高应试效果。

第十节 把心房腾空

　　元浩是一个来自县城的学生，从小到大都是人们称赞的好孩子，成绩也一直名列前茅，他是靠自己的实力考入这所省重点中学的。

　　刚进校时，元浩的名次也在前面。但英语是他的弱项，因为县城的英语教学条件与这里比差得太远了，可以说，在这一学科上，他与同学们的起跑线就不一样。进入高三以来，他的弱势越来越明显了，而他的强项数学又没有更大的提高，所以他的成绩一直上不去。

　　元浩非常着急，每天都处在一种自责的情绪当中。

正好，这个时候妈妈打来电话："元浩，你模拟考试考得好吗？你姑姑说了，要是你能考上重点大学，就带你去香港迪斯尼玩呢。"

"妈，你别管我了，好不好？"

"元浩，你一定要为咱们家争光啊，你可是咱们家的希望！"

"妈妈，能不能上重点，那是我的事，求求你别管了，行吗？"

"你怎么能这么说呢，你也知道，我和你爸供你上省重点多不容易啊……"说着，妈妈的声音就哽咽了。

又是这一套，每次到关键时刻就开始拿哭来威胁我，元浩心里这么想着，索性挂断了电话。

从小学到高中，父母和教过元浩的老师都对他寄予了厚望，他们都以元浩为自豪。可现在的元浩，不知道该怎么面对高考，他知道以现在的实力去参加高考，一定会使他们失望的，因为他们都认为自己能考上中国最好的学校。我怎么对得起老师？我怎么对得起父母？

更要命的还在后面呢，现在元浩和同学们的关系也紧张了起来，他渐渐地发现，许多同学其实很虚伪，看似在关心你，其实是在幸灾乐祸。

那是上周的事情了，坐在后桌的黎黎借着问数学题来试探元浩。

"这本习题集是我爸爸特意从北京买来的，很有用的，你

帮我看看这道题怎么解，我想了一晚上也没做出来。"

元浩看了半天，愣是没做出来，急得满头大汗，当他偶尔抬头看的时候，才发现黎黎抿着嘴笑呢。

"还数学尖子呢，连这样的题都做不出来。"

元浩听到黎黎小声嘟囔，心里发誓再也不跟这些虚伪的人说话了。

渐渐地，元浩成了孤家寡人，同学们经常能看到他一个人在校园里游荡。

现在已经完成了一轮、二轮的复习，"二轮"模拟考试在即，高考也离得越来越近了。现在他上课也没精神，英语在短期内也很难达到一个高度，现在不光是英语不行，好像对任何一科都没了自信，也很难调动起学习的兴趣，元浩知道自己完了，对结果根本不敢想了。

元浩的情况很快被数学老师发现了，他觉得元浩最近做题很懒散，就和班主任一起了解了他的情况。

"我们对于自己的缺点不要过多地自我责备，要多看、多说、多想自己的长处。你的弱项是英语，如果老是用弱项去比别人的强项，只能打击自己的自信心，带给自己自卑感。要知道，只有一个心里充满阳光的人，透过他的眼睛看出去的世界才是充满阳光的。你是一个责任感很强的人，但也过于追求完美。把老师和家长对你的喜爱和期望当成了一个包袱，一种压力，甚至是一种负担。带着一个低落的情绪，又怎么能激发起积极向上的活力呢？千万不要认为'一切都太晚了’就轻易放弃，应该看到自己潜力大、后劲足、头脑灵活、身体素质好、承受挫折能力强等优势，努力地赶上去。加油，小子！"

看完老师的评语，元浩心里好像突然有一束光照了进来，全身也觉得轻松了许多。

问题诊断：消除过分的心理紧张

一般在模拟考试过后，同学们的情绪出现了两极分化，那些平时学习不好的同学开始感到悲观失望从而自暴自弃，甚至一些平时成绩还不错的人因为偶尔的考试失利就认为自己与大学无缘了，失去了奋斗的勇气，出现悲观失望的低落情绪；而另一部分同学历来成绩很好，进入高三以后，复习状态和效果也挺好，较好地完成了一轮、二轮复习，好像该复习的都复习了，便会产生"怎么还没到高考呀"的想法，产生一种急躁情绪。

低落情绪也好，急躁情绪也罢，都是削弱高考战斗力的主要因素，因为不良的情绪会阻碍思维正常、连续的运行和发挥，更会影响行为和工作的效率。

考试就是人一生一次次的战役，如果由于心理问题没有得到很好的解决，考生过分自卑，或对考试过分紧张、焦虑等，在"心理战"中首先败下阵来，最终就有可能被高考这场战争无情地淘汰出局。"不战自败"是我们谁也不愿接受的结果，因此，为了避免"兵败麦城"的悲剧，作为临战前的战士，我们有必要正确了解自己的问题和现状，及时调整心态。

 应对措施：学会把自己归零

有这样一个小故事：传说，有一位禅师学识渊博，很是受人崇敬，前来拜师求学者络绎不绝。一位学者也慕名而来。他随众人听了三天禅师的讲学，觉得没什么收获，便向禅师单独请教。老禅师端起一只装满茶水的杯子，一边继续往里加水，一边说："请喝水。""水溢出来了。"学者赶紧提醒禅师。禅师说"哦，杯子是满的，怎么学？"学者恍然大悟。

越是临近考试，越是要学会把自己归零，只有把心房腾空，才能装进更多的东西。

学会归零，是我们找准支点，摆正心态，找准方向的前提。

学会归零，能让我们站在新的一个起点上，往更高的目标前进，为自己提出更高的要求，以使我们取得更大的成绩。

学会归零，才能让每个人找准自己的位置，更加准确合理的为自己定位。

学会归零，有利于我们清楚地认识自己，平静心态。

　　学会归零，使你生活更从容，更淡定，更愉快，更加有质量。

　　同学们，加油吧，让我们一起来迎接属于成功者的快乐！

第四章

如何应对重要的考试

——大考实战篇

把所有的鸡蛋放到一个篮子里

是谁，在幽静的花园里低声诵读？

是谁，在昏暗的灯光下冥思苦想？

是谁，在明亮的教室中奋笔疾书？

是谁，在广阔的宇宙中与时间赛跑？

距离高考只剩 40 天了，张想的内心也在期盼着、憧憬着，同时，也在努力着、担心着……他期盼，期盼高考时一展抱负，期盼高考后的轻松快乐；他憧憬，憧憬令人向往的大学生活，憧憬那美好的未来；他努力，努力地背书做题，努力地查漏补缺；他担心，担心高考能否顺利，担心能否不让你们失望……

早上，天还没亮，张想的爸爸妈妈便为他开始准备丰盛的早餐；中午，刚走到门口，张想便已闻到饭菜的香味；晚自习前，妈妈总会不辞辛苦地为他送来晚餐；晚自习后，爸爸总会为他做可口的夜宵。每天如此，从不间断。他们天天围着张想转，整天嘘寒问暖，然而却只字不提关于学习的事，也不跟张想谈论高考，他们怕他有压力，怕他不快乐，所以只用照顾生活起居来做自己能做的事。但父母越是这样，张想就越担心。他怕考不好，让爸爸妈妈失望！虽然说，高考不是唯一的出路，但是，它毕竟是一条重要的出路。况且，从小学到高中，父母就对他有那么大的期望，到了这最后关头，说不担心是骗人的！

然而，对张想而言，担心只是瞬间，他有自己的信念！

有人说：世上只有一个人可以决定你是否快乐——那就是你自己。只要下定决心做自己情绪的主人，情绪就会乖乖地顺从你，听从你的指挥。同样，世上也只有一个人可以决定你是否成功——那也是你自己！所以张想高呼："我的快乐我做主，我的高考任我行！"

无论在学习过程中遇到多么大的难题，模拟考试考得有多么地槽，他都不会放弃，因为他明白，真正的决战在于高考，在此之前的，只不过是积累知识，总结经验，更重要的是自己能够相信自己！

所以，张想相信，爸爸妈妈的爱一定会化为无穷的力量，和他一起去决战高考！

问题诊断：你必须有承担风险的勇气

高考虽然不是赌博，但并不意味着不承担风险，每个有所追求的人都应具备承担风险的能力。

投资学上有一个著名的理论，不要把鸡蛋放到同一个篮子里，为的就是减少风险，但是，对大考之前的人来说，却恰恰相反，他们需要的是把所有的鸡蛋放到一个篮子里的勇气。

考场如战场，对一个渴望胜利的人而言，他的成功，多少都得靠"拼"、"搏"。

相信很多喜欢网络游戏的人对盛大集团不会陌生，盛大创立之初，中国还是 .com 的一片空白区，陈天桥从网络游戏中，敏锐地看到了其巨大的市场发展空间，他以社区游戏为主业，建立了一个虚拟社区，短短数月便拥有了100 万左右的注册用户，由此获得了中华网 300 万美元的风险投资。要么不做，要做就做赢家。这就是陈天桥常胜的秘诀。

大考之前，收起你的恐惧、担心和犹豫，你要做的，就是集中一点，以考试为唯一的目标，其他的事，等迈过考试之后再说。

应对措施：临考复习的要义

总有人会在大考之前说时间来不及了，还没有准备好，没有复习完等。其实，到了这个时候，区别只是由于思维上的不同，造成知识点理解的偏差，这时候你需要和老师、同学们多交流，多揣测出题用意，多交换做题思路，多挖掘解题过程的共性，就能形成一定的模式方法做题，知识点大家都会，分数的高低体现在理解和综合运用上。

❶ 仔细查看考试大纲

大纲里规定了考试能力对应需求，可以评估自己到达了什么程度，老老实实的对照教材，找出各科大纲要求中哪些自己能够拿下、哪些暂时还不行，这样就较为容易形成在做题过程中联系到自身能力锻炼的目的。

❷ 切忌冒进，以稳固求发展

自己会的一定要巩固，平时考试经常出错的知识点是最主要攻克的，消化不了的暂时放一边，一定要按照自身水平去检索、建设，圈出自己认为可以掌握的，划出有能力攻克但是常错的，暂时剔出看不懂听不明白的，抓大头，不让能够掌握的分数跑掉才是硬道理。

❸ 思维训练，形成思考习惯

做题时多花费一点时间思考题目为什么这么出，有什么隐含条件？自己做出来的哪一步是可以当作隐含条件的？迷惑信息在哪儿？有用的信息是什么？这么做题刚开始会辛苦些，经过一两个星期解题的速度就可以明显加快。

❹ **用试题验证知识点**

有些人还是担忧自己的知识点掌握的不牢固，那么每次做题都对照题目翻课本，就能达到课本知识的应用、迁移转换的目的。

 ## 志不强者智不强

终日生活在压抑之中，感觉生活好中好像少了什么，这种感觉让小亚感到很不安。

小亚并不太了解自己对高考抱着怎样的一种感觉，是希望，还是恐惧？这种感觉，连自己也无法把握。

课余的时候，小亚问大头：我想去玩会儿魔兽，真的好想发泄一下，你去吗？

大头毫不犹豫地点了点头。小亚有些感动，因为，还有严酷的现实在等着他们，而大头却毫不犹豫地点了头。

正准备离开教室的时候，大头突然留下了一句话："还有49天就高考了。"语气很淡，没有半点涟漪。是啊，还有49天就高考了，但小亚却始终无法接受这一事实……

晚上，小亚似乎有什么想说，但等到拿起笔准备写的时候，一切都咽了回来。

他很迷茫，不知道自己将何去何从，一直都没有明确的目标，直到高中之后，才真正体会到了迷茫的痛苦，迷茫所带来的，是一种很深很深的空虚的感觉。小亚也尝试过用学习来填补空虚，却发现，自己所做的，不过是无谓的挣扎，成绩的波动很大，既无法稳定，也没有机会进入前几名。

有付出就会有回报，是啊，没有付出，求什么回报呢？强迫自己在这个时候努力，恐怕也只是枉然了吧。还有什么好珍惜？还有什么好怀念？一切的一切，都将归与历史，现在，小亚也需要向前看。

就这么等吧，他不知心中，到底对高考是一种渴望，还是一种恐惧，似乎无论如何，高考都将成为一种解脱了。

那么，剩下的 49 天，小亚还能做些什么呢？

问题诊断：走出考前迷茫

因为平时没有奋斗，考试来临的时候，你突然感到失落和迷惑了吗？这个时候，迷惑已经没有意义了，其实，人的一生都是这样，要是你一直生活在迷惑中，终将失去整个世界。不如从现在开始走出迷惑，亡羊补牢，也为时不晚。

基辛格是驰骋世界的风云人物，中学时因家境困窘，他也常为自己的生活而感到迷惑，他当时的志向是报考纽约市立大学，学习会计，为将来能找到一份稳定的工作而奋斗。

命运的转达缘于第二次世界大战。1943 年，20 岁的基辛格被应征入伍，次年当了师指挥官的德语翻译，因工作出色节节提升，1946 年被调到欧洲盟军司令部情报学校教授反间谍课程，此时的他深切地渴望得到更广阔丰富的知识，并从此立志成为一名政治家。1947 年考入哈佛大学，主修哲学、历史、政治等科目，各科成绩优异，1954 年获哲学博士学位。1961 年基辛格成为国家安全委员会非正式顾问，这个本可令人羡慕的职位，他觉得离他的目标还差得远，他毅然辞去了这项工作。

1969 年 1 月 20 日尼克松就任美国总统，基辛格被聘为总统国家安全事务助理，开始步入了政治生涯的巅峰。如果基辛格仅仅将志向定位为当一名会计，那么美国的历史也要改写。

志是志向，智是智力。志向是人生的奋斗目标，智力一般认为是学习知识的能力。在现实生活中我们可以看到，有的孩子非常聪明，但学习的成绩却总不尽人意；有的孩子学习成绩很好，可他的一生并无大的建树。

心理学研究表明：人的志向水平高低与人的智力水平的提高与发展呈正比。得过且过，不付诸行动的人，到头来只能是空悲切。

 应对措施：如何避免考试中出现卡壳现象

在高三、初三复习的中后期，很多人都有这样的感觉：离考试时间越来越近，发现自己在知识上还存在诸多漏洞，需要强化记忆的内容还有很多，又因复习时间越来越少，不知如何

才能快速牢记这些知识。

还有一些人会在考试过程中出现了舌尖现象，明明知道试题的正确答案，但一时又想不起来。这些问题产生的根本原因是注意力分散导致记忆不牢固，或是因紧张焦虑导致记忆提取失败。因此，掌握一套系统的高效记忆策略，可以提高学习效率，牢固地掌握所学知识，从而有利于成功地应对考试。下面主要介绍五种高效记忆策略。

❶ 重复强化

根据遗忘规律，应采用重复强化的办法来巩固记忆。要掌握好重复的时间，及时复习强化。记忆的当天应安排复习，第二天再复习，然后 7 天内再复习。经过多次重复强化，记忆的内容就巩固下来。另外要掌握好重复强化的次数。强化与复习是有区别的。可能要复习几次才能记下来，才算强化了一次。

❷ 交叉记忆

遗忘的发生是因为我们的记忆活动受到其他活动的干扰所致，我们从事的活动和原先记忆的内容越是相似干扰就越大，越是不同干扰就越小。根据这一观点，我们可以对记忆内容和活动组织方面进行巧安排，减少这些内容和活动之间的相似性从而提高记忆效果。比如不要花 1 个小时的时间来记忆单词，可以在同样的时间不仅安排记忆单词，还记忆公式、定理、文章等；还可以将记忆活动与其他活动交叉安排，在记忆之后安排一些体力活动等。另外，最先和最后识记的材料容易保持。因此，每次复习时可打乱所记材料的顺序，不是每次都要从第一章开始记，你不妨在第二次复习时从中间开始。

❸ 分记与整记

记忆长度为 5000 字的文章，如果采取从头到尾一遍一遍的方式进行背诵需要花 27.5 小时，如果采取分段背诵方式只需 9.5 小时。采用分段背诵方式花费的时间是完整背诵方式的 1/3，可见分记可以大大提高记忆效果。以记 100 个单词为例，你可以将这些单词划分为 5～7 个单元，每个单元 15～20 个单词，然后一个单元一个单元进行整记。

❹ 过度学习

很多考生记忆的一般习惯是，能够完全背诵后就停止记忆。但心理学家发现，在完全能够背诵后再增加一定时间和背诵次数，记忆效果会大大改善。这种做法在心理学中被称为过度学习。心理学实验发现，如果达到 150% 的学习程度，记忆保持的效果就很好。

❺ 联想法记忆

有一些知识缺乏内在联系，材料本身就是无意义的，这种材料不易识记，遗忘速度更快。建议考生们通过联想法、内在联系法将那些无意义的材料人为地赋予其意义，或者找到这些材料内在的一些联系，把它们串起来作为记忆的线索。如气球、天空、导弹、苹果、小狗、闪电、街道、椰树 8 个词，可联想为：我被气球吊上了天空，骑在一枚飞来的导弹上，导弹射出一个苹果，打在小狗头上，小狗受惊后像一道闪电似地奔跑，穿过街道，撞在椰树上，昏了过去。

 心无旁骛

又一个盛夏来临了，高考也悄然走来，十二年的学习生涯就在此一搏！

然而现在的自己正在悠闲的上网，这是我的第二次高考了，与一年前的情况截然不同，作为高考的过来人，我想说的是：虽然高考神圣！结果固然重要，但是也别太看中结果了，毕竟一次考试决定命运的做法不算科学，尽力就好！调整好自己的心态，把它当做是一场平时的模拟考，也许这样还能够正常发挥自己的水平。总之，别被它打败，把你学到的知识尽量地表达在试卷上，审题千万要仔细！如果因为审题不清而丢分的话，太不值了！做题时，尽量解答详细，卷面整洁，让阅卷老师对你有好的印象。

高考的前一天看书已经没有什么太大的意义了，学的怎样在这一刻就已经定型了，现在的你们唯一要做的是就是调整好心态！也许在考场外，你们看见许多家长期盼的眼神会紧张，看见警察拉警戒线会紧张，但是你要相信只要自信的走进去，考场里的你一定能下笔如有神！不过是一场考试而已，不要畏惧！想像一下风雨过后，自己带着微笑走出考场的那一刻，其实高考没什么大不了的！相信自己！别让"高考"二字乱了自

己的阵脚！

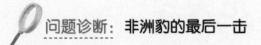

问题诊断：非洲豹的最后一击

一望无际的非洲草原，一群羚羊在那儿欢快地觅食，悠闲地散着步。就在这时，突然，一只非洲豹向羊群扑去，羚羊受到惊吓，开始拼命地四散奔逃。非洲豹的眼睛盯着一只未成年的羚羊，穷追不舍。在追与逃的过程中，非洲豹超过一只又一只站着惊恐观望的羚羊，它只是一个劲地向那只未成年的羚羊拼命地追去。真是奇怪，那些和它挨得很近的羚羊它却像未看见一样，一次次放过它们。终于，那只未成年的羚羊被凶悍的非洲豹扑倒了挣扎着倒在了血泊中。

很多人都纳闷，那只豹子在追赶的过程中为什么不放弃先前那只羚羊，而追其他离得更近的羚羊呢？原来，豹子已很累了，而其他的羚羊并没有跑累，如果在追赶途中改变了目标，其他的羚羊一旦起跑，转瞬之间就会把疲惫不堪的豹子甩身后，因此豹子始终不丢开已经被自己追赶累了的羚羊，最终的目标是让它成为自己口中的猎物。

其实，梦想就是一只羚羊，如果你想得到它，那么，你就必须一直追下去。中途很可能出现各种目标的诱惑，它们都在分散你成功的视线，如果你一味地为它们停留，最终将一无所获。

 应对措施：考前一月怎么复习

最后阶段的主要目标不是学习具体的知识，而是调整、整合。虽然你有目标，而且随着考试的临近，你会越来越专注于考试本身，反而忽视目标的存在。考前的时光最重要的就是心无旁骛。

❶ 集中时间与精力

这是非常必要的，松散型的复习方式最易导致"看到后面忘掉前头"。事实上，这种集中精力拼命复习的感觉还是蛮不错的：至少你获得了这样的心理安慰——我都这么用功了，即使考不好也算尽力而为了。要相信，任何如此努力的人，考不好的可能性都是极小的。

❷ 周密计划与确定符合自身特点的复习重点

重点就是根据考试的特点进行强化练习，具体而言就是做模拟题，而这一过程，一定要制定周密的计划，规定好每日必须完成的练习量与效果，这个计划应定的非常具体与苛刻，不能浪费任何时间。

❸ 强化练习与记忆知识点

不要直接背诵知识点，而是通过练习记忆知识点。具体而言就是做一些模拟题，对一下答案，将其中做错的与自己感觉较难的题目所考查的具体知识点在书上找出标划下来，在此基础上，记忆该具体知识点。这样既避免了无处下手的慌乱，也

可以很快使人进入临考状态，记下的知识点印象很深，不容易忘记。

④ **与同学进行必要的交流，互通信息与复习心得**

这可能是最愉快的复习方式，但千万记住，这种方式特别花费时间，所以尽管有必要，但切忌过多，整个过程安排一到二次、每次个把小时碰头会面即可，大家抓紧时间交流，完成后各自回家复习。注意在碰头前要计划好交谈的内容与重点，列出你所需要询问的问题，见面后，集中话题，谈完就走，毕竟这是为考试服务的，而不是同学聚会。

第四节　今天的态度决定明天的轨迹

又是一年高考时，坚持奋斗在高考战线上的弟弟妹妹们仍和当年的我们一样，昏天黑地地忙着，无暇看柳绿，无心顾花红。这不禁让我回想起了那个时候的自己。

高考如同一个约会，在每个夏天如约而至。我们日夜秣兵历马，终于有用武之地了。亦或许更准确地说，繁重辛苦的复习生活终于接近尾声了。可以结束煎熬的生活了。心中焦虑，又紧张，但也兴奋。高考神秘的面目让我的这种复杂的心情更加的变幻莫测。有一种强烈的愿望萦绕在心头：要是能提前感受一下高考是什么样的就好了，看看高考的题型是什么难度，哪个知识点会出现，什么样的状况会发生，我自己会有怎么样的表现。如果可以的话，体验一下像真的高考一样的感觉。但实际上又不是真的高考，这样就可以积累实践经验，增加一分把握，有备无患了。

正当我困惑时，"高考全真模拟考试"让我眼前一亮，它提供的是和高考一样的考试节奏，考场环境和考试氛围，而这一切深深地吸引了我。这和我经历的一模、二模、三模很不一样，在学校里的考试，监考老师，考场环境我都很熟悉，因为每次模拟考试之后学校还要排大榜什么的，虽然是很必要的检验成绩的方法，但是，也导致我像很多人一样，除了担心自己的成绩以外，根本注意不到其他细节。通过这次经历后才知道，在高考中，试题并不见得多么高深莫测，但是像写名字，准考证号、涂答题卡这样小的事却往往能改变一个人的命运。

最要命的是我的心理素质不好，考试时特别容易紧张，影响发挥。其实不客气地说知识已经学得很到位了，应对高考没有什么问题了，但是一考试成绩就不理想。

恐惧源于陌生感，走近它，熟悉它，你就会发现其实高考一点也不可怕。高考是给你自己的一个机会，揭开高考的神秘面纱，和我一样，轻松地面对高考、享受高考、征服高考吧。

问题诊断：把苦难当作垫脚石

有一个女孩，很小的时候就有一个梦想，成为一名出色的滑雪运动员。然而，不幸的是她竟患上了骨癌，为了保住生命，她被迫锯掉了右脚。后来，癌症蔓延，她先后又失去了乳房及子宫。

接二连三的厄运不断地降临她的头上，却从来没有使她放弃心中的梦想，她一直都告诫自己："我要为自己的生命负责！决不轻言放弃，我要向逆境挑战！"

她没有被病魔打倒。相反，她以顽强的生命斗志和无比的勇气，排除万难，终于为自己创下了多项世界纪录，其中包括夺取了 1988 年冬奥会的冠军，并在美国滑雪锦标赛中赢得了 29 枚金牌。甚至在后来，她还成为了攀登险峰的高手。她就是美国运动史上极具传奇色彩的著名滑雪运动员———戴安娜·高登。

厄运并非总是财富，并非每个身在逆境的人都能如戴安娜·高登一样站直了。正如巴尔扎克所说："世界上的事情永远没有绝对的，结果完全因人而异。苦难对于天才是一块垫脚石，对于能干的人是一笔财富，对弱者是一个万丈深渊。"

的确，你无法改变昨天的事实，但你今天的人生态度决定了你明天的人生轨迹。

 ## 应对措施：大考前一定要做的 7 件事情

1. 男生能打篮球的打篮球，能踢足球的踢足球。女生能跳皮筋的跳皮筋，能打羽毛球的打羽毛球。总之，尽情地适量运动。对于书呆子来说，适量的运动有助于大脑微血管的循环，有助于考试时记忆信息的提取。百利而无一害。

2. 和好朋友在草地上手牵手散步，彼此相互鼓励，当为未来在一起设立一个共同目标时，就会有凝聚力。有了凝聚力，在考场上当然是以一敌十，事半功倍。

3. 和哥们儿一起侃侃未来，说说理想。比如我想当工程师，我想当李嘉诚之类的。不怕夸张，只要你想得到。这样有助于提高战前的气势。也能增加同学之间的友谊，为离别添一份诗意的伤感，何乐而不为。

4. 和老师聚会，让老师可以讲讲自己当年的艰苦历程以及上了大学后实现理想的好处，让同学们无限幻想，对学生的自信心提高有着重要的作用。

5. 帮助自己的父母做一回家务，并且说声"爸爸、妈妈，我爱你，你们辛苦了。"通过这样的表白，能让你们明白自己的责任是什么。

6. 做一次社会公益活动。比如捡捡小区的垃圾等，时间不一定很长，只是让自己对这个社会有一份责任心。

7. 和同学拍张留影。当某某年以后，你从抽屉中掏出来，看看这些曾经的照片与祝福，那是非常让人温馨感动的。只有让一个人格健全的战士上场作战，即使没考好，你也不会被考试打败！